封殺

小野

新版序

新生

那天下午豔陽高照，我搭捷運經過石牌時，忽然有個強烈的念頭想去陽明大學走一趟。就像二十六歲的那年夏天，颱風過境後，我扛著一箱書從榮總的後山，穿過隧道來到醫學院報到時的忐忑心情一樣。當時整個陽明醫學院只完成一間實驗大樓和一棟學生的宿舍就開始招生了，所有的教室、實驗室、行政辦公室和老師宿舍都擠在這一棟實驗大樓裡面。

多年後我在眾多後來陸續新建的大樓中，終於尋找到那棟最早的實驗大樓，雖然門口那兩株高大的小葉欖仁樹是那麼的陌生，但是進了大樓後，所有的記憶都飛回來了。上了二樓的右手邊，就是我曾經擔任助教的大一生物實驗室了，左手邊是我和薛老師的肝癌研究計畫的實驗室。這時大一生物實驗課剛剛下課不久，三三兩兩穿著實驗白袍的大一新生們，從實驗室裡晃盪著走出來，笑顏裡抹不去的，是一種意氣風發的無敵青春和剛考上醫學院的驕傲。

那時候的我何嘗不是這樣的？我曾經在這樣一個屬於自己的小小的空間裡做著實驗、教著書、寫著小說和電影劇本，像個不安而躁進常常發燒生病的遊魂，在這裡穿來梭去的，享受著做科學實驗的知性滿足，也享受著文學和電影創作時的感性快樂。

那一年，也就是在這間生物實驗室裡，我接到了媽媽從剛剛搬進去的中華宿舍裡打來的電話，那是家裡剛剛接好電話線的第一通電話。媽媽通知我說，我的小說〈封殺〉得到第二屆聯合報小說獎的首獎。我掛了電話後直覺得這件事情並不真實，會不會弄錯了？我並不覺得自己的小說有得獎的實力，更何況是首獎？而且所有的幸運不可能全都降臨在我一個人的身上。可是我的心情忽然由驚喜懷疑轉成了激動。我一個人默默的走到了實驗室外面的長廊，黃昏的彤雲讓我好想大哭一場。我忍不住對著黃昏的天空大喊著：「爸爸，我替你報仇了！」

至今，我依舊無法非常真確的理解當下那一刻的激動到底從何而來？每思及此仍然觸目驚心。對於一輩子都失意落魄的爸爸，做為大兒子的我，到底有多沉重的負擔？而那竟然會是我勤於寫作的驅動力嗎？

§

大量創作往往來自於內在深度的焦慮和不安。那年五月我正式從龍崗的救護車連退伍，住在父母親臨時租賃在永和的房子。暫時回到原來實習的五股國中報到，一方面試著申請陽明醫學院生物科「只有一個機會」的助教缺。在這樣身心都處於非常不穩定的狀態下，我陸續完成了幾篇小說：〈山在虛無縹緲間〉、〈老奶奶的婚禮〉和〈封殺〉。當我聽到救火車呼嘯而過時，仍然會想到軍中的演習，想到進入自衛戰鬥位置，派出對空監視哨。那一刻唯有埋頭寫作能讓我維持著身心的起碼平衡。

當時擔任《聯合報》副刊主編的駱學良先生，一口氣簽下了一堆年輕作家，除了我之外，還有吳念真、朱天文、朱天心、蕭颯、李赫、蔣曉雲、丁亞民及後來才加入的三毛、李昂等。這是有固定薪水的寫作合約，我何其幸運遇到這麼一個對文學格外珍惜的長輩和年代，而這本書裡所有的小說也都是在這樣幸運又幸福的情況下一一完成的。

因為服了兩年兵役的關係，讓我這個在象牙塔裡長大的大學生，接觸到了完全屬於另一個世界的人，他們沒有機會讀更多的書，甚至於還有當乩童的文盲，也有混黑道的。在這樣龍蛇雜處的男人世界裡，我和他們稱兄道弟，也試著抽菸喝酒，聽著他們訴說不可思議的故事，他們的故事給了我莫大的衝擊和靈感，於是我寫出了像〈冬薑〉和〈封殺〉那樣的鄉土小說。到了醫學院工作後，我繼續寫著〈藍哥的鷹勾鼻〉、〈揚帆，蝦米一號！〉和〈血染天堂路〉，後兩篇是為電影劇本而寫，那時候我已經參與了電影劇本的寫作了。

§

《封殺》是我繼《蛹之生》和《試管蜘蛛》之後的第三本小說集。《蛹之生》有年輕寫作者剛練習起步的清純樸實和生澀，《試管蜘蛛》有年輕寫作者力圖擺脫前一本書的寫作風格，大膽嘗試改變的實驗精神。那麼到了《封殺》的寫作階段就有點像脫胎換骨了。我從一個暢銷作家成了得獎作家，那年我一口氣得了三個文學獎，成了媒體形容的三冠王。

在醫學院工作兩年後，我順利申請到助教獎學金去紐約留學。我在出國前夕將第三本小說《封殺》集結出版，當時還用了另一個書名《血染天堂路》，因為要配合電影的上片。我前進的腳步永遠是那麼的慌張匆忙，並不曾好好善待這本對我而言是充滿在創作上及生命裡有著「新生」意義的小說集，書籍出版後也沒有得到預期非常熱烈的反應。從美國返回台灣後，我積極投入了台灣電影的生產行列，《封殺》這本小說集也就成了我當時暫別文壇的「句號」了。

雖然在創作上我很習慣推翻過去的自己，封殺自己，但是許多年後，當我又重新閱讀這本年輕時的舊作時，才赫然發現在這本小說集的許多篇小說裡，我不斷在小說中架構描繪著不同父子之間的複雜情結，渴慕、矛盾、敵意或疏離。原來我想用創作去割斷那條和父親之間牢不可斷的臍帶，結果證明是徒勞的。我始終沒有離開這個主題。

藉著第四次重新改版發行的機會，除了在各方面都重新賦與這本書新的生命外，也為它好好挑了一個很有個性的封面，是陳庭詩先生的版畫作品《新生》。一個大紅色代表圓滿的「句號」，裡面藏著一條緊緊牢牢的臍帶。

二〇二二年四月二十八日 台北

目錄

冬薑

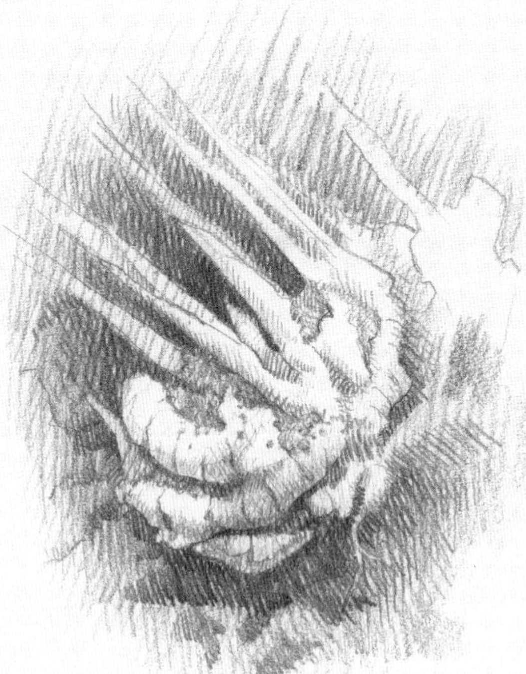

不知道該不該和他打招呼——彭西影猶豫著，沒來由地肩膀抽搐幾下；到底是車窗縫外那沁人心脾的寒風，還是坐在駕駛座旁那老人稀疏的斑斑白髮？他又深深感到那種無法抗拒的錐心嚙痛。雖然是大白天，隔著那層水溶溶的車窗玻璃，灰漓漓的天空卻像是一床沒染勻、沒擰乾、沒洗淨的紫藍色被單，皺摺處顏色深濃。十多年不見，竟會不期而遇在車上，該喊他什麼呢——阿爸嗎？這樣陌生的兩個字十多年來早不知給埋到哪兒了。他又低首翻弄著手中的電報，下意識地又看了一遍：

「母病重，請速來臺大醫院十二號病房。陳省天。」

他把眼光游移至窗外，士林戲院的廣告牌上四個血淋淋的大字：「地獄殭屍」。幾個披著慘白風衣的骷髏人騎馬奔馳在夜黑風疾的莽原。特寫鏡頭——一個披髮而飽受驚嚇的女人正撕裂大嘴尖厲地呼救——啊——啊……，車子顛了一下，一股冰涼從腳掌下爬升。哦，阿母，我就來了，我就來看你了。

他又開始盯著前方那老人傻著的背影，該喊他什麼呢？十多年了，他還能認出我這個兒子嗎？剛才那老人上車時曾經向他這兒瞥了幾眼，只是老眊的雙眼，瞑瞑瞞瞞的，彷彿一切都已無法分辨了。倒是彭西影，一眼便認出了他，看他那身稀綴的破衫，也許這些年來混得不甚如意吧？彭西影甩了甩開始雜亂的腦袋，梅姨呢？那個我曾經喊她「瘋狗母」的女人，無情的歲月從來不曾饒過女人的。

車子拐入一條安全島並列的坦道，該是圓山了？右邊那些荒地雖然豎起了一幢幢白色、青色的鴿樓式公寓，而舊時那些菜圃的痕跡卻依然存在；蔓蔓野草仍然遍地叢生，於是童年三峽老家那二十多甲的山坡地就這樣恍惚地在他眼簾前飄浮起來。那廣袤無邊的薑園，其實就是他童年唯一的夢，他不免又懷念起那一截截剛出土的雪白嫩薑了。晨曦乍放的春日，阿爸率領著阿母、阿兄、阿嬌和他，總是照例地把老薑頭折成一段段，埋入已挖好的淺溝中，彷彿也把全家人的希望給播在土裡了。二、三月間雜草叢生時，他和阿嬌在前頭除著野草，阿兄便幫著阿母在後頭翻鬆泥土，把採了頭的嫩薑再覆上土。冬天，薑老了，在那些白嫩的外衣蒙上一層鬆皺暗淡的皮，那便是全家最忙的時刻：阿爸利用小鐵軌上的臺車，到其他各地去收購老薑，到了晚上，全家人都幫著阿爸整理那些老薑，那是最幸福的時間。阿爸的拜把兄弟陳省天，還有阿母的好友，瘋子阿貴的老婆秀梅

（他們親暱地喊她梅姨）都是家中常客，有時也幫著他們弄這弄那的，薑園便也成了大夥的安樂窩了。

車子滑過圓山的兒童遊樂場，巨型的雄獅美術水彩、蠟筆廣告一一浮動起來，令他又想起那一次繳不出作品的尷尬紀錄。不過那已經是阿爸離家經年，而陳省天搬進他們家住的時候了。那時他在高中念書，八月八日正好有一堂美術課，老師隨手出了一個題目：父親的畫像。

當四周同學都那樣興致勃勃地塗抹他們印象中父親的形像時，唯獨他對著白光光的畫紙發愣，萬般滋味直湧心頭：阿爸的影像太模糊了，一筆也抹不出來。他把畫紙遞給隔鄰的黑狗仔：

「你給我隨便畫一張吧。」

黑狗仔倒有了惡作劇的機會，在那張畫紙上描了一個醜陋的漢子：一口犬牙，穿不合身的西裝，卻趿著雙大拖鞋，一長一短的八字鬍，市井流氓的嘴臉。畫完了，黑狗仔便捧著畫紙笑彎了腰。

他接過畫紙，沒吭一聲，看著那張紙上的嘴臉，忽然惡狠狠地將那紙上的人分了屍，撕成一條條碎片，一鬆手，落了一地。最後他繳了一張空白的畫紙給老師。

那晚回到家，跨進門，正好陳叔叔在廚房大灶前燒菜，鍋鏟和大灶撞擊發出那種鍠鍠鎗鎗的金屬躁裂音，阿嬌蹲在水槽邊洗衣服，阿母買菜還沒回家。

「噢，西影，回來啦？」陳省天回轉過頭，向他和藹地笑，露出一口銀牙閃閃。

過去那口銀牙是可親的，因為在他們兄弟心目中，他是好人，可是自從他搬來和他們一塊兒住時，他滿口銀牙竟成了他們怨懟的焦點了。他們開始頂撞他，連「叔叔」兩字也不叫了，最多只喊他一聲「喂」。為了這個，阿母氣哭了：

「為什麼要用這種態度對陳叔叔？難道你們還記得那個無路用的死人嗎？他丟棄妻子兒女不管，和那個瘋狗母同居，若無陳叔叔救濟，我們母子要如何過日子？」

車子突然緊急剎車，前面那老人顫顫蹌蹌地向前踣倒，慌忙用抖索的手箝住左側冰涼的扶把，青色血管像蚯蚓般浮凸在他那用力過度而乾癟的手背上——難道這就是他十多年來魂牽夢縈的阿爸？阿母所說「那個無路用的死人」？

車子穿過黑壓壓一片等車的人潮，遠遠看到在寒風中屹立如山的「毋忘在莒」四個字，這便是他最熟悉的學校了。為了讓他念完這所工學院，陳叔叔賣豆漿，阿母賣菜，那些一點一滴的血汗錢，都滴在他這頂方帽子上了。畢業典禮那天，阿母穿著那件幾年都捨不得換新的碎花布衫，外面還罩著一件薄薄而飄著樟腦味的過時黑毛衣，在那樣熱的天氣，眼角掛著喜孜孜的老淚。他已按捺不住激動，一把將阿母摟入懷中，把學士袍染出一塊塊淚漬。在一旁的陳叔叔也用手揉擦著眼角，口中喃喃地念著：

「好不容易吶……。」

「要是西球也和西影一樣，那該……」阿母突然這樣說。

一提到阿兄，大家都無語了。因為當時阿兄仍在監獄中服刑。於是在整個畢業典禮過程中，他腦子裡一直盤旋著阿兄的影子……。

阿爸開始很少回家時，阿母堅持不接受陳叔叔的救濟，自己挑著沉甸甸的菜籃去賣菜，家中一切就由阿兄來料理。白天，阿兄總是帶著他到清澈的河邊撈煤炭賺些錢貼補家用。有一回阿兄心血來潮地拿了釣竿，在河邊的大石上釣起魚來，一釣就釣了將近二十條。河上軟風輕拂而過，就把那淡淡的寂寥越拂越濃了。他支著頭想起了阿爸：哦，阿爸，你去了那兒？自從你說要到桃園做生意，怎麼一去不回？阿母說：你們阿爸不會回來了。這是真的嗎？你不要我們了？可是別人都有阿爸……。

阿兄敲敲他的腦袋瓜說：西影，你替我看著釣竿，我去拉一泡尿。阿兄走後，他依然心不在焉的扶著釣竿：阿爸去桃園後，順便也把薑園給賣了，那條臺車道也同時被拆掉，從此再也聽不到那臺車咕嚕咕嚕的聲響了。阿兄偶爾在茶葉工廠替人打零工，阿嬌和他晚上給人串竹筍，大家都不敢再提到薑園，阿母禁止他們談到薑園和阿爸……。哦，他的腦袋被人狠狠敲一記，才頓然發現手中的釣竿不知何時已滑入河裡，飄流得不知去向。

「西影，你——釣竿呢？」

「我——」張口結舌，腦中仍縈繞著阿爸和薑園。

阿兄狠狠打了他兩個耳光，旋身把半桶魚全給倒回河裡，悶聲不響的走到河的另一端，捲起褲管撈起煤來。他撫著熱燙燙的面頰，一逕走入河中幫著掏煤。當他的小腿肚陷入軟泥沼裡，便被一些雜草割裂得一斑痕一斑痕，那些毛茸纖細的小蟲，攀掛在他小腿毛上癢癢痲痲的。拔出黏黏的泥地，在炎陽下，那些土也駁駁地乾成一塊塊白色。

撈了一整個下午，沒掏到一點點煤，反弄得滿手滿腳爛泥，可是他卻感到爛泥的親切，在那樣寂寞的下午。

那一晚，在昏黃的煤油燈下，阿嬌突然期期艾艾地：

「阿兄，我好久沒做新衫褲，舊的都破了——」

「破就去補吧，阿母賺錢很艱苦，阿爸又不在——」

「你補補看嘛，已經沒辦法補了。」

阿兄接過阿嬌手中那件藍白花紋的上衣，摸撫著袖子上那條補了幾遍的裂口，自言自語說：

「唉，這條縫真是無法補了——」

一條永遠也無法補起來的縫——阿嬌捧著上衣幾乎要哭出來了。阿兄摸摸她肩頭說：

「免傷心，等阿兄將來賺大錢時，一定給阿嬌添很多新衫褲。你去睡吧。」

阿嬌笑了，乖乖地爬上床擁著被子：

「阿兄，我晚上一個人睡會怕，你點的煤油燈不要熄掉好嗎？」

「這怎麼可以——要花錢的呢。」他插嘴阻止。

「沒關係，等阿嬌睡著以後再熄好了。」阿兄低聲對他說，然後拿起在河邊弄溼的褲子，到爐火邊烘乾。

他依在阿兄身旁，在窳陋的小房子裡，煤油燈下的兩條人影被晃得好長好長，寂寞跟著也在晦暗下被拖得好長好長，混著一些溼霉的壁味，逐漸充塞了整幢房子。幾隻螢火蟲夾著青熒熒的光在窗外明滅著……。一隻金綠色的叩頭蟲誤闖了進來，在煤油燈旁爬著，發出嗎嗎低吟，阿兄用手將那隻蟲撥翻了。於是牠那欹落欹落的規律叩頭聲，便成了這寂寂黑夜裡滴不盡的更漏……。

阿兄真正開始墮落是在陳叔叔搬來和他們住以後。他比弟弟反應更強烈，他不止和阿母吵一次了，最後他乾脆對阿母說：

「我們不要別人救濟，也不要你陪別人睡覺，我們不要被別人在背後指指點點。」

話還沒說完，阿母便摑了阿兄一掌，轉身趴在床上痛哭起來。

從那一次起，阿兄便把做零工、挖煤所賺的錢花在奇裝異服、交壞朋友上了。

一天夜裡，阿兄神色慌張的回了家，一言不發。他卻偷看到阿兄手中未洗淨的血跡。恐怖像海潮般迅速漲滿了他幼小的心靈。

半夜，一陣風馳電掣的摩托車聲停在門口，接著便是咚咚咚——咚咚——咚咚。全家人都從床上驚起，他因為有預感——那血跡，所以便像是從夢魘中被咚咚聲給敲醒，還以為是自己心臟的悸動。阿兄掀開被子，正想破窗而逃，幾個彪形大漢衝進來，那一身黑色制服像是迅捷的鷹翼，阿兄毫無抵抗地被揪倒在地，上了手銬，便走了。

剩下的便是一個無眠夜了……。陳叔叔猛噴著煙，彷彿想用瀰漫的煙霧來掩去一些阿母和阿嬌的哭泣聲。

車子走在中山北路上，他眼前一亮：嘉新大樓後面那深色的藍玻璃，中央大飯店那一層層灰白的鐵欄杆和那高懸著的旋轉廳。旋轉的回憶也隨著車速遲緩下來，彷彿在眼前的都市文明中猛然甦醒。甦醒後，那些薑園、泥沼、臺車道、螢火蟲便只有存放夢裡了。夢裡，那老人斑白的髮絲仍一根根在冷風裡飄抖著，而這不該是夢吧，他怎麼也還沒下車？

那老人突然又猛烈咳嗽起來。老人始終平視著前方那些從輪下消逝的斑馬線——一條又一條迅速地消逝。那些林立的大廈，穿梭的車子，對他而言是另一個世界。他自始至終在腦海中盤桓著一個疑問：後面那個年輕人難道真是西影嗎？剛才一上車就看到他，可是還來不及多看他一眼自己又慌張地側了身子怕被他認出來，除此之外，還能有什麼動作呢？站在自己的親生骨肉之前竟也變得這樣無地自容？西影是否也知道他阿母病重的消息？上午陳省天一封限時信說阿滿快不行了，總是夫妻一場，該去看一眼的。

陳省天？這十多年來應該感謝他的。他想，是他替自己收拾了這個爛攤子的。當他知道自己已經決定和秀梅一起到三民村定居時，他就指著自己的鼻子罵：

「阿發，你不能不替阿滿和三個孩子著想。」

「我——我把薑園賣了，分一半錢給他們。」

「那沒有用。」

「我每個月寄五百塊給他們。」

「那沒有用。」

「我——但是我不能離開秀梅——」

「去他的，那個臭婊子——」

「你，你不要侮辱秀梅，她沒有錯。」

就這樣，兩個拜把兄弟不歡而散。

他真想再回頭看看那小伙子一眼，那會是我的二兒子嗎？他想，一切太突然了，他一定沒認出我，我現在已老得不成話了。或許該告訴他阿母病危的消息？其實他早該知道了。也許他也正要去醫院呢？唉，阿滿……。

那年他參加三峽鎮的鎮民代表競選，阿滿不贊成。她說：

「阿發哪，薑園好好照顧，生意好好做，別野心太大了。」

可是秀梅卻支持他出馬競選。秀梅是個能幹而成熟的女人，只可惜嫁了阿貴——那個被鎖在竹林裡的瘋子。

阿貴原是個忠厚的小伙子，娶了秀梅，生了小孩，有田產、水牛、豬，生活一直自給自足。就僅僅一次颱風的襲捲，捲來了一連串的噩運：水田被大水沖走、水牛死了兩頭、豬死了六頭，最後連小孩也因為一次高燒而賠了條小命。秀梅像瘋子般向阿滿哭訴著，她跪在地下嚎哭著：「歹命喲，歹命喲……。」

而真正的噩運最後才降臨：阿貴從此神經錯亂。他喜歡走在荒蕪的田埠唱著歌——變了調的悲歌：

「我的豬，我的牛，誰偷去了？誰偷去了我的囝仔？」

最後他的族人將他鎖進那一叢密密竹林裡的茅屋裡，任其搥打、哭叫。

秀梅從此也靠種薑來獨撐這名存實亡的家。就這樣，她和阿滿一家人就更熟悉了。當她知道阿發要競選鎮民代表，就四處拉票，陪著阿發挨家挨戶拜託。

投票結果，一千零三十票比一千零二十四票，他輸給了林柄煌。那陣子沮喪透了頂，阿滿卻在一旁奚落他：

「你看，愛出風頭，落此下場，我早就——」

「別再說下去！」怒吼一聲，把阿滿嚇退了好幾步。

他愣愣地看著角落那堆砌的皺皮老薑，紛亂地橫七豎八，陣陣地飄逸出那種辛辣的酸味——這一成不變的味道，這一成不變的日子，這一成不變的牢騷。他突然煩躁地在薑堆旁來回踱著，像頭被鎖在鐵籠裡的灰狼，不安地低吟著……。落選的男人，就像在拳擊臺上被擊倒的落敗者，趴在冰冷的臺上，用傷痕傾聽裁判的讀秒和別人同情的嘆息。他忽然濃濃地思念另一個女人，那個陪他競選的女人。

那一晚，他好像服下了什麼符咒的水，被一種東西蠱惑著，去了秀梅的住所。當他攀過那一片竹林，似乎隱隱聽到阿貴的叫喊……。

秀梅正好洗完頭髮，把頭髮綰在後腦杓，插一支金閃閃的簪，裸露出白皙的臉龐和粉頸。她第一句就說：

「阿發，不要灰心，下回再來，我還是支持你。」

她就這樣朝他笑著，笑著，笑亂了他已不穩的心。

他走近她，怯怯地握著她的手，白淨的一雙手便是夏末秋初的嫩薑，在他粗糙的掌中滑溜溜的。她垂下頭，面頰一下熟紅了。他的血管迅速膨脹，毛毛蟲在膨脹中竄迸起來，他被竄迸得有些昏昏然……。

秀梅慌忙甩脫了他粗暴的手，跑去廚房準備一些酒菜。

他原本無意要醉，但夜越來越涼了，夜涼後，人也昏惘起來。秀梅藉著酒精後的酩酊，把所有的寂寞嘔吐成一堆爛泥：

阿發，你替我想看看，你若是一個女人，你若是我，你受得了嗎？一個被關在竹林裡的瘋人，我每天給他送飯去，他卻像一隻瘋狗般向我亂叫。

他抬頭，無限愛憐地瞧著這近在咫尺的女人，酒氣已把她迷人的雙瞳焚化成朦朧無底的窟窿，他一把將她提起，攬入懷中，她拚命想掙脫，可是十指卻像是青色樹蛙的吸盤緊緊吸黏在大樹幹上……。

事後，她在他臂中飲泣起來，兩人相擁而眠至次日——那一夜他們的確是醉入泥沼了。

謠言，或者也算是事實吧，像瘟疫般在三峽鎮流行蔓延著。男人見了他，撇撇嘴：

「嘿嘿，不錯吧？阿發。」

女人見了他，像見了什麼綠頭蒼蠅，紛紛側過臉從他身旁擦過，那種保守的城鎮是該立貞節牌坊的。雖然他不怎麼在意，只是秀梅卻不准他再去找她，她哭著說，她寧願一輩子去侍候她那瘋子丈夫。

老人在座位上又顫抖起來，是內在的咳嗽，還是外來車的擺晃方使得他如此索索震動？真是老囉，他想，只是阿滿比他先垮了。這些年來也不知她日子怎麼過的？自從把薑園賣了，和秀梅搬去了三民村，剛開始西影還按月來拿錢，可是後來秀梅接二連三的為他生了三個小孩，連他們自己的生活也面臨了困境。

車子上橋了，橋下那些黑壓壓的一連古舊的日式建築，幾根煙囪有氣無力的散著淡淡的灰煙，彷彿有些衰顏暮遲的吁嘆。和秀梅住在三民村時，就像是這樣低矮的建築。最後一次見到西影，就是在那樣低低的門簷下，那年他該十四、五歲吧？阿滿帶著他突然出現在門口……。

「家裡米桶空空，西影還要念書繳學費，難道你要我們母子向陳先生乞討？」阿滿第一句話就這樣說，平日懦弱的她，竟也凝成那孤注一擲的表情。西影那對溢滿怨懟的小眼球直逼著他。

「我沒錢。」他說：「我看——西影免讀書了，就幫著你賺錢吧。」

「沒見笑的人！」阿滿聲音炸了開來：「有錢飼瘋狗母，就沒錢養妻、子？算什麼男人？你的子女都成了沒有老爸的歹命囝仔，西球快要成了太保，我要西影多念書，長大別像他阿爸那麼狼狽！也不要學阿兄——」

「瘋狗母，就是那隻瘋狗母——」西影突然嚷叫了起來，秀梅正從門口經過，挑著兩桶井水去菜園澆菜，她低垂著，沒敢抬頭，氣也沒吭，就悄悄躲過。

「醬油盤子借你沾一下你就可以偷笑了，你還整盤都要端走。」阿滿似乎有備而來，指著已遠去的秀梅背影叫罵。

房角落有一袋剛買的米，西影走了過去，扛起了那袋沉甸甸的米說：

「阿母，拿沒錢，拿米也好。」

「放下！」他大聲叱吒著。

「不要！你——你沒見笑！」西影朝著他，彷彿忘了他曾是阿爸。

「再說一遍？」

「你沒——」

「打死你這個沒教養的囝仔。」惡狠狠的捏緊拳頭，要捏斷筋骨似的。

秀梅不知何時也出現在門口，一眼看到那袋被西影扛著的米，便不顧一切地衝過去搶奪。阿滿瘋了般撲到秀梅身上，那時的她，才真像一頭瘋狗母。她用拳頭像彈簧般胡亂地搥著秀梅，口裡嚷著：

「你這隻瘋狗母，若沒有你，我們今天也不會這麼慘……。」

她忍著這陣雨點般的搥打，西影手中的米仍然被她奪去，她弓著大蝦米般的腰身去護著那袋米——一家五口就賴此為生了。西影粗狂地舉起一張椅子就往秀梅弓著的背脊砸下去，他一把搶掉西影手中的椅子，狠狠摑了他一巴掌。阿滿順手再撿起椅子擲向他，他輕輕一閃，椅子不偏不倚擊中了他身後的秀梅，秀梅慘叫一聲……。

秀梅掙扎地撐爬起來，散亂的髮絲掩遮住她正閃著凶光的眸子，鮮血從嘴角沁透出來。她旋身進廚房取了一把菜刀，西影跟進廚房，見她手中銀晃晃的菜刀，慌忙提起鍋裡的熱水朝她身上潑過去，她狂叫一聲，舉刀便衝向西影，阿發衝上前去搶下她手中的菜刀……。

一身溼漉漉、嘴角淌著血的秀梅，已經歇斯底里了，轉身又去搥阿滿，西影跳過去，一把揪住秀梅的亂髮，拚命地撕扯，她被扯倒在地，西影狠狠地摑她、踢她：

「瘋狗母，沒見笑，×伊娘，看你以後還敢不敢？」

秀梅悲慘地哀嚎著，阿發幾乎傻在那兒了。

門口圍觀的人，像越聚越多的螞蟻。阿滿拉起西影的手，大步跨出了門檻，狠狠啐了一口：

「我們以後再踏入這屋子一步，我們就是狗生的。」

那次以後，他果真見不到西影了，倒是陳省天還來了幾次，不死心地勸他再考慮。他就反問陳省天：

「我回去了，秀梅怎麼辦？這兒還有三個囝仔要怎麼樣？」

從此陳省天就不再來了。偶爾和他聯絡，斷斷續續知道他已和阿滿同居，並且也知道西球殺人坐牢、西影大學畢了業，雖然也想去偷偷看看他們，卻一直猶豫著，沒想到，一直到收到陳省天這封限時快信，已經是猶豫了十多年了……。

車子通過臺北車站，正中央的報時鐘打出橘色的時間，老人仰起頭，沒看清幾點，不過車窗外已暮雲四合，灰沉低垂的暝色像一層陰翳般貼籠下來。他想，反正不早了，總是日暮時分，又何必去計較幾點了？一些新起建築物上竹簾密遮，東插西擺的粗竹子亂紛紛的。一群群頭戴安全帽而虎視眈眈的摩托車騎士，被紅燈阻成一陣陣諠呶與鼓噪的聲浪。或是心理作用吧，那老人已幽幽地嗅到醫院那特殊的消毒水味道，下一站便是臺大醫院了。他略偏著頭，藉著玻璃窗的反射中去尋覓後方那年輕人的影像。哦，他還在，他正起立伸手拉車鈴，難道他也……。

老人踽僂地行在前面，彭西影踽躅地走在後頭，他們父子之間相隔大約十公尺，穿過馬路，一前一後走向醫院。

他也要到醫院？彭西影有些驚訝了：難道他也是來探阿母病的？相隔十多年

了，他怎麼還記得阿母？彭西影想到阿母，心焦如焚，腳步想加快，可是也不願超過前面那挨挨蹭蹭的老人……。

吱——一輛黑色轎車從右側轉角處疾駛而出，老人正側頭顧盼著左邊。一霎時彭西影驀然失色，腦袋猛然蹙動著，驚悸起自全身每個毛孔——一霎時——救他，救他。哦，讓他去死，讓他去死。不，救他，救他。讓他去讓他去。救他救他救他……。

只是這樣一霎時，老人忽然鬆弛了全身筋絡，頹然跌坐在斑馬線上喘哮著。

吱——吱——欲撕人心肝的尖厲剎車聲。喘哮著喘哮著……。

除了他的喘哮外，一切又突然闃寂無聲。

瘦癯的司機，推開車門，瞪了一眼：還好，命大。

該去扶他一把吧？彭西影才跨出一大步，又遲疑著收回了腿：讓他去吧——那種無法抗拒的錐心噬痛又一次折騰著他——讓他去吧，他想。

老人四肢著地，像人飼養的家畜，然後費力地支撐起單薄抖顫的身軀，在眾目睽睽之下，繼續向醫院走去。彭西影放慢了步子，尾隨其後。

第十二號病房有一個端著針藥盤的護士出來，彭西影親眼見到那老人邁進這病房，像已證實了什麼，他一顆心急驟地狂跳，步子也跟著緩了下來，彷彿想逃避這樣的場面，可是一雙腳已跨入了病房。

病床上的病人，像一條條砧板上的死魚乾，貯滿一室的穢膩，那味道如同坑穴內薰焦了的垃圾。

「阿母——」他輕呼一聲。

白色被單蠕動一下，像一個乾裂的空蟬殼。那個老婦人很吃力的翻啟多皺的眼皮，咿唔一聲，嘴形像是要發「ㄒㄧ」這樣的音。

他蹲過去，握緊老婦人如柴的乾手：

「阿母——」

老婦人沒多說話，只用眼神向左方示意著，他順著抬起頭——哦，就是他，那個車上的老人，一點也沒認錯。老人低頭立在床緣，彭西影想喊什麼，頓了頓，還是嚥回了那兩個連嬰孩都會叫的字……。

「怎麼？不認得了？」另一個濃濁的聲音從他耳際飄過，是陳叔叔。旁邊挨次是阿嬌和阿兄，一個個噤若寒蟬，好似被一幢巨大的陰影給懾服了。

老婦人很吃力的扭動嘴唇，不知問誰：

「秀……秀……梅還好吧？」

那老人腳根冷了一下，彷彿猛然醒覺那婦人是在問他話，慌忙咳嗽一下，蠕動著嘴唇，嗄啞地說：

「噢，她——她去年就……病死了。」

「哦——」老婦人轉著遲滯的眼珠向她的二兒子：「西——西影。」

「阿母——」

「這個家就交給你了，阿兄剛出獄，一下子找無頭路，你較艱苦一點。陳叔年歲大了，不要讓他再工作。阿嬌你也要替她找個婆家——」不知道什麼力量促使她如此清晰的吩咐著，晶亮的汗珠在她額上浮游起來：「不要再怨嘆你阿爸，將來你應該孝養他——」

他覺得眼睛熱燙燙的，低下頭，瞧見膝蓋前一灘淚漬正擴大蔓延著……。

老婦人蒼白而凹陷的臉上呈現出那種疲憊之後的祥和。灰色的微血管在皮下輕輕跳動，紫白的唇鬆鬆地闔著。握在彭西影雙掌中的冰手漸漸軟了、鬆了。他跪下去，眼前一陣昏花，似乎那些冥錢、紙紮燈都在他眼前飄舞起來，他這次竟然恐懼到哭不出來了。

當他緩緩從阿母屍旁站起來，窗外已是黑沼沼一片渺茫了。或許是一種過度悲傷後的錯覺吧，他就在那一片黑穹穹的星空中瞥見了螢火蟲青熒熒的微光，腦海中也突然閃現那一望無垠的廣袤山坡地，那排列整齊而有秩序的薑園。他突然好懷念那些整齊和秩序。那些親切又熟悉的、那樣皺皺黃黃而又辛辛辣辣的、沾著濃郁芳香泥土味的，在冬季寒風中凍僵了的薑，又一列列映進他腦中……。

又是冬天了，那片薑園呢？

涼沁沁的風，彷彿從夜空冷然羅列的星座中吹來，時而渺遠，時而又貼近。幾個人影僵立在那兒，僵著一壁的屍白。窗外明滅著的，竟真是螢火蟲，那些尾部青熒熒的光是屬於鄉下的。門外這時又傳來那一成不變的推藥車聲——轆轆轆轆，轆轆轆轆。

再叫一聲爸——

一

從演習歸來，距退伍也就近了，而他的心情也更加慌亂起來。總覺得夏天永遠要拖著金色而毛聳的狐狸尾巴，那樣有企圖地搔得人渾身癢癢的。

他從軍官寢室的紗窗外眺，頭上正是一堆涼涼的星子無力地眨著，彷彿也陪他失眠好幾晝夜了。

他若有所思，凝視著那些羅列的星辰……。

星星是唯一的嚮導。唯一的嚮導是星星——誰的詩句？記不得了。

是那一年，一個叫葉文英的女孩背給他聽的，那樣對詩句過目不忘的女孩，真不多見，不過前後句子也模糊了，什麼紅色的窗。幻滅。季節的變幻之類的……。那時他也背得出一些的：

淡忘了你，淡忘了——一條街？亦或是一個巷弄？

真的淡忘了嗎？若能淡忘該多好？

他打開抽屜，從一疊信裡又抽出了表面那幾封。

阿南：

屈指數來，你也快退伍了。六月的 GRE 考得還好吧？學校申請好了嗎？以你的能力和環境，我舉雙手贊成你先出去。我可是悔不當初，醫學院沒念完就走進愛情的墳墓。我想我這個駝子馱起這個家是會越馱越駝了。不過足堪告慰父老兄弟的，唯有我那快兩足歲的小陀螺，越大越可愛——有其父必有其子，其言不虛啊。

聽說你最近仍然在找葉文英的下落，其實這一切就讓舊夢隨風飄吧。頂多像切去一個不痛不癢的瘤，除了留下一些疤痕外，其他什麼也別要了。希望出國後，好好善待你的姚莉。你已不再是少年了，別再飄飄泊泊的到處留情，爛攤子不好收拾呢。

退伍後，請務必來聊聊，並且瞧瞧我那虎父虎子的小陀螺。祝

好

駝子

要善待姚莉麼？可是她不是那個喜歡念「星河渡」的葉文英——葉文英只有一個。世界上只有一個葉文英。

記不完整了。什麼我不是磐石，我像出岫的雲彩一般易散……我不是山脈，我消逝悄悄……悄悄消逝如昨夕悄悄。自從她的影子消逝如昨夜悄悄，他也就開始記不清這些詩句了。

從前的星星對他這個學電機的人而言，只是聖誕樹上明滅的霓虹燈泡。他不知道星星的美，他滿腦子的電磁、電流……。

葉文英卻告訴他，星星就是玲瓏剔透的酒杯，酒杯裡面盛滿了她的夢液。於是夢液連成一條河流——一條星河。她曾經那樣甩甩長髮、露出晶白的貝齒灑脫地笑笑，很認真地說：

我的一切一切都浸在星河裡。

那樣成熟而執著的口吻，不像小女孩的夢囈。

夏先生，您好：

我曾經聽過文英姊提到您，很冒昧的問一句，您是她的男朋友嗎？那為什麼還要向我打聽她的地址？

我和她失去連絡很久了。記得她在我們那間育幼院裡是公認最聰明、漂亮的一個，上上下下都很喜歡她。後來她到北部念大學，我們真羨慕她。

您的地址是郵政信箱，我猜您正在服兵役，如果有了文英姊的消息，我會立刻通知您。祝

百事可樂

董寶蘭敬上

星星在異鄉只是星星。

星星在故鄉卻是夢。星星在故鄉卻是夢，而我沒有親人，沒有故鄉，我的夢？我的夢？

有一天夢裡葉文英醉了，她攀扶著他的手臂，就一直喃喃念著那些她自己寫的詩，長髮在他脖子柔柔磨擦著，她整個面頰和嘴唇都急遽地抽搐，口裡不停地

重複；啊——塵歸塵，土歸土。我沒有故鄉，沒有親人，只有扎根在那悲涼又閃爍又渺茫而未知的星河裡，然後在他的左胸前染溼了一大塊。她用纖細的手指箍住他，一直不安地顫動著，她從來不曾這樣失態過。

第二天，她見了他，又是一張清清爽爽的臉和飄逸的長髮，若無其事地問他：

昨晚我說了些什麼嗎？我已搞不清了，那樣渾渾的、白白的。

他竟有點生氣，氣她的癱軟、無助與失態只那樣稍縱即逝，使他永遠也無法躍升為一個強而有力的保護者。

夏曉南先生：

大函敬悉。

去年春天我在台中遇到葉文英，她告訴我她的孩子懷南已在鹽水鎮出世。現在很可能又搬家了。她曾說，她要常換環境，如果你要鹽水鎮的住址，我抄給你。除此之外，無可奉告。　謹祝

前程似錦　　蘇秋慧上

演習前，他請了兩天假南下，從新營轉往鹽水鎮，抱著千分之一的希望。

對於這樣一個地圖上幾乎分不出距離的小鎮，他還是不太適應的。他仍然屬於那夜裡千門如畫、五彩繽紛的台北市。這樣一個窮鄉僻壤就讓他不知所措了。

他按著她同學蘇秋慧所寫的地址，找到了一戶農家。女主人用台語說，那個長髮披肩的少婦，緊緊的抱著她所生的男嬰，在一個烏黑黑的夜裡不辭而別了。

或許伊還留在鹽水鎮吧——一個髒兮兮的小學生這樣說。

幾乎就是那種落拓江湖不知何去何從的茫然，只因為那小學生的一句「可能」，他將自己暫時流放在葉文英可能出現的小鎮。

雞寮、魚池、牛墟，他在夜市旁的八角樓下徘徊，昔日曾是達官貴人的住所，如今已破舊不堪，灰褐色的木造樓房，那樣用八個平面來袒裎它的斑駁，仰起頭，恍然驚覺自己從裡到外也都跟著斑斑駁駁起來。

如果突然和她面對面不期而遇？哦，斑斑駁駁的感覺。心也咚咚咚地加速了。

從來不曾這樣渴求找到葉文英。他躑躅在那些古舊的建築物間，無法集中思緒去撈回那些已淌流了的一切。他只在期盼那千分之一的或然律。彷彿要摘一顆冉冉飛星，卻連浮光掠影也沾不著邊。

彳亍地彳亍地，彳亍地到了一處田野，彳亍到滿天星斗像百貨商行的霓虹燈那樣密密麻麻沒空隙地同時光亮起來……。

有一回，他們走在相似情境的田野。

她一邊走一邊仰著頭說：曉南，你看那幾顆像勺子一般排列的星星就是北斗星座。

哦，是嗎？他也抬起頭——青焚焚的一堆星。

那邊——她又旋著探照燈似的臉龐，好像是大熊星座。

哦，他這次連頭也懶得抬，只瞧瞧她汪汪的眸子，裡面也映著一堆星星，或許就是大熊星座吧？他想。

他拉著她的手，像牽著一隻小綿羊，怕她被前頭的石子絆倒了，她始終像童稚的孩子仰著頭看星星。

忽然他很得意地想到一個問題：

處女星座在那個方向？

處女星座？

是啊，有這樣的星座吧？明知故問地裝傻。

有啊，但是我找不到。

瞧，在那兒！他隨便指了天空的一個角落：

那是頭髮，那是腰，那是長長的腿……。

亂講。亂講。她笑著嚷著：找不到的。

是找不到了，是找不到葉文英了。

他從田野又走回小鎮，小鎮寧靜得嚇人。

馬祖廟、伽藍廟、關帝廟。都給我顯顯靈吧——他在內心裡吶喊起來：顯顯靈吧，讓她彈指立現，那樣輕盈盈地飄落眼前，像一場夢。

走累了，就坐在菜堂的石椅上。冷冷的空氣傳來一陣淡香，會是玉蓮花嗎？菜堂裡梵音與木魚聲，像玉蓮花香一般密密稠稠地開始纏著他纏著他——千分之一的幻想變成萬分之一、百萬分之一……。

就這樣惆惆悵悵，夾著一絲自嘲與自虐的滿足，又回到了軍中。

吾愛：

星期六等你老半天不見蹤跡，乾脆叫爸爸用車子送我去你的營區，沒想到他們說你匆匆趕去了鹽水，你在那兒有朋友嗎？

學校申請的表格替你打好了，我希望我們能申請到同一間學校，姊姊從Brooklyn來信說：么妹，我又為你添了一個小外甥，叫Paul，胖嘟嘟的好「古錐」呢。吾愛，我等不及了，我真希望我們像比翼鳥一樣雙雙飛到太平洋的彼岸——那是一個美麗的新世界。

你又一個月沒給我寫信了，真是懶蟲。

你的姚莉

夏曉南收起了四封信，陡然從桌前站起來，卻像一具被掘去靈魂而徒有軀殼的殭屍。他又再一次從紗窗前斜睇出去，仍然是那些失眠星群在眨著。

長久以來，那個影子消逝後，就不再背得出她念給他聽的詩句了。今夜不知什麼魑魅魍魎附了身，在閃爍的星光下，他又想起了那幾句：

招我，招我，招我。
我走入光波。
我走入無邊廣闊的星河。

唉——葉文英，葉文英。

一屋子的葉文英，裡裡外外。

二

第一次見到葉文英是在一次「博愛社」的迎新會上。在如此的場合與她邂逅是不合他的邏輯的——一個極端的個人主義者，對那些搞社團的人，視為「不務正業」或「別有所圖」。尤其是那些去育幼院、安老院、少年監獄服務的社團，他更是反感透了。有一次他把班上那個參加「博愛社」的吳逢源臭罵了一頓：

「老吳，多K些電磁學吧。那些皮毛、虛偽的服務根本解決不了社會問題，反而在別人自卑的心理上再狠狠抹上一層更沉重的陰影，等於宣判他們是無助與被同情的、與眾不同——這算那門子服務？那門子參與？」

一天夜裡他走過活動中心，門口貼了一張藍色的海報，上面用紅筆寫著：

博愛社迎新會

讓我們把愛像種子一樣

播在每塊貧瘠的土地上

千篇一律的玩意兒！什麼是愛？什麼是種子？他搖搖頭，抹上一彎冷笑：簡直膚淺、幼稚、無知。

於他而言，博愛就是弱水三千，我取三千。

自命倜儻不羈的他，不屑地昂首闊步朝前走。走了幾步，卻踅回來──活動中心裡突然揚起幽幽的歌聲，飛揚激越裡又滲和了那樣稠密而纖細的靈魂，緊緊勒住他的雙足：

「──莫懷薄倖惹傷心，落花無主任飄零，可憐鴻魚望斷無蹤影，向誰去嗚咽訴不平……。」

就這樣經由吳逢源介紹，他知道了台上唱「飄零的落花」的女孩叫葉文英──博愛社社長。

夏曉南毫不隱瞞的把自己的論調向女社長述說一遍，她很專心地傾聽，而後卻只是甩甩長髮，露齒而笑：

「別人怎麼想我不知道，我參加的理由很單純──因為我也是孤兒。」

那樣乾脆而肯定的答案，倒讓能說善辯的夏曉南一時語塞。

那晚他回到家裡，上樓，走進自己的臥室，扭開檯燈，無瑕的白壁上，雷諾瓦那幅赤袒袒橫羅十字的裸女，正冷眼瞅著他，瞅著瞅著彷彿那畫裡的眼球也左右旋動了起來。他感到有幾分狼狽，因為他口裡正哼著「飄零的落花」不幸攀折慘遭無情手……。

荒唐的雷諾瓦。荒唐的落花。荒唐的無情手。

不免要想到那一面之緣的女社長，一個孤兒？這些都不打緊，倒是她那甩甩長髮、灑脫地笑的蠱惑。他順手打開抽屜，找出那一本黃皮小冊子，裡面畫了幾個常和他玩在一塊兒的女孩子的「安全期表」，那樣精密的設計，像電學裡的「順序控制」一般，恐怕是他的專利了。他不曾有過罪惡感，反正是兩廂情願的事。偏偏又有個開放的老母，每次看他帶了不同的女孩回家，鎖在自己的臥房裡，也從不以為是什麼大逆不道的。只是偶爾老母也意味深長地說：

「小南，收斂些哪。」

「放心，No Trouble！」他總十拿九穩的向老母眨眨眼。

他突然隨心所欲地把雷諾瓦的裸女轉幻成葉文英，讓她們的影子重疊交揉成一個多脂而富彈性的導電體。然後一陣電流通過。磁場在轉，天在覆，地在翻，翻陷成一個令人無法自拔的漩渦——而他又像中了邪般被強力的磁場吸引。他想

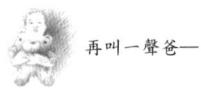

完整而具體地擁抱那導電體，所能攫取的，竟只是電流通過後那些許的顫化和滯呆……。

電是無所不在的，那樣迅捷地從這頭流到那頭。

他想到「同花順」，那個滑稽的教授，在上第一堂「交流原理」時就說：

「電是一種原動力，就和 Sex 一樣。它能轉變成熱能、機械能、光能。我們知道它的確存在，可是又抽象地駕馭你。我們見到馬達在轉、電燈亮得刺眼，可是電呢？你只知它流竄著……，我們談交流原理，得從 Sex 談起……。」

「同花順」總愛在上課時說那些佛洛伊德式的幽默。提到「插頭插座」時，總是曖曖昧昧的。說上千遍也不嫌煩。到了後來，全班都煩了，他自己卻還興趣盎然地說一回笑一遍。

他一邊撫摸著那本黃皮小冊子，那種征服的慾念在胸臆裡蒸浮起來，漫漫地淹沒了他——我要把葉文英列入我的黃皮小冊子裡——他陰陰地笑了起來。

第一次約她出來，她又是甩甩長髮、灑脫地笑笑：

「社團裡的事忙不過來，謝啦。」

無往不利的他，早在心裡打了腹稿：

「我願意加入博愛社，歡迎嗎？」

「照你過去的說法，參加社團是別有所圖，這算是那門子的加入？」她記性真好，竟能清楚地模仿他的口吻。

「我承認我的企圖。」窘窘的，卻耐著性子，以進為退，再以退為進。

加入博愛社以後的夏曉南，的確大大的表現了他的愛心，對孤兒、對少年犯、對老人，同時也對葉文英。

第一次那樣忘卻原來的企圖，深深陷入一種情境，就是第一次約她到「九福樓」吃宵夜的那一晚。

他記得她那晚從頭至尾都顯得開朗而愉悅，眸子裡始終凝聚著熒熒波光。她問他一個問題：

「你猜猜這家粵菜館為什麼叫『九福樓』？」

「哦——我常來吃，卻不曾思索這問題。」

「你聽過耶穌登山訓眾論福的故事嗎？」

「哦——不，我沒信仰。」

「耶穌登山時，提到了八福，現在的九福比八福多了一福。那這多出的一福或許是：愛吃的人有福了，因此他們必得滿足。」

「你是笑我貪吃嗎？其實，我最近也在減肥。」

「男孩子不用減肥呢，君子不重則不威，學則不固。」

「哦，不對，君子食無求飽，所以吃太飽的不是君子。」

一個學電機的，能如此迅速引用《論語》《孟子》，夠他得意了，兩人都開懷暢笑，彷彿棋逢敵手，雙方精神也抖擻起來。他喊了些酒，兩人喝得微醉，醺醺然後反而不再那樣嘻皮笑臉了。

不知怎的，在一種奇異的情緒下，藉著些酒力，他竟向面前這還不太熟悉的女孩子坦承了過去的一些荒唐事，包括了那本集大成的黃皮小冊子。

她並沒有他預期那種驚訝或憤怒的表情，反而幽他一默：

「德不孤，必有鄰，海邊也總還有逐臭之夫呢。」

他傻傻的不轉睛地一無企圖地把帶血絲的目光盯死在她臉上淺淺的笑渦裡。

那晚，他發了狠，把那本記載安全期的黃皮小冊子拿出來，撕成段段碎片，撒入字紙簍像黃花滿地飄。他要自己善待葉文英，成為她的保護者，那種佔有的慾念從他生命中割離了。

往後的日子，他像一個吃齋念佛的禁慾者，把過剩的精力花在書上，花在博愛社的活動裡。

和她在一起的日子，他開始瞭解她那屬於星星的世界，屬於星星的生命。彷彿她生命的豐盛與乾涸就全繫於星河的豐盛與乾涸。

她念一些別人的詩，也念一些自己的詩，詩裡全是燦爛的星光連成一片，他也被感染得心靈充溢了星光。

電是無所不在的，那樣迅速地從這頭流到那頭。他嚴禁自己再去找過去那些玩在一起的女孩，他認為那樣是對葉文英一種污蔑或褻瀆。可是當慾念爬升時，他甚至想去那種交易場所，那種懸著迷濛綠燈的小屋，可是一想到葉文英，他又讓星光滌清了自己。

一天夜裡，他剛半躺在床上翻 *News Week*，那種無形的、鬼魅般的慾念又不知從那兒像千萬隻蚊子在他赤裸裸的肌膚上輕輕叮咬著，反覆輾轉、輾轉反覆，一直要翦除那些熟悉的、像電流一般突然高漲的情緒，可是目光又不自覺地被壁上雷諾瓦的裸女縛住，一陣子，竟又把畫中的橫羅十字、毫無遮攔的女人幻想成更熟悉的女人——是過去那些連名字都忘了差不多的女孩嗎？不，長長的髮，嘴角那抹微笑——自負的、執著的、不在乎的……是她，是她，葉文英。徐徐的火，鬆一陣、緊一陣從五臟六腑往外焚，像微熱的熨斗，從頭到腳熨著熨著。密密的蚊子口器在他小腹叮咬著——他猛然掀去了棉被，跳下床，在冰涼的磨石地上胡亂地做起體操來。

不久，門鈴乍響，他急忙穿上外衣褲，趿上拖鞋，衝下樓。門外站著竟是葉文英，正喘著氣說：

「去少年感化院的日期有了更動，我來和你商量……。」

他用焚著火的眼睛去吞食她那說話的紅唇。她朝他笑笑，又是那種不在乎的笑。笑。笑。他清楚地感到自己全身正激烈地抖索著。他只能擠出三個字：

「進來坐。」

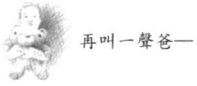

進了臥室，他仍然在壓制著。可是她就近在咫尺。磁場又開始轉了。她的髮香和鼻息近了。他的耳根螯螯地發燙，一直燙到脖子、燙到全身。他無法抗拒去看她溼紅嘴唇鮮明的輪廓。

他一把將她攬入懷中，愛憐地吻她，一切都在自己控制不住喃喃而出矇忪的囈語裡浮泅著、起伏著、跌宕著。雷諾瓦的裸女在他眼前擴大。擴大。擴大成一個無法抗拒的導電體。舊日的經驗在這瞬間復甦，復甦得像燎原的野火。

她任他擺佈著，不久也就怵然癱軟，口裡卻念著他的名字，直到他聽到她那樣淒厲的一聲——像黑穹穹荒郊野外的一聲狼嗥。

在一些細細碎碎的喘息之後，一切又戛然而止。

他從來不曾這樣心虛過。那晚以後，他竟有些怕見她。雖然她還是保持那慣有的笑容，彷彿忘了那一晚。

兩個月後，她約他出來，告訴他說，她有了他的孩子。說這些話時，她並沒有任何恐慌，只是一逕地注視著他，沒那種瀟脫的笑了，就一逕地、茫茫然的看得他心慌意亂。

他很快就想到了「駝子」，他過去「黃皮小冊子」時代，曾拜託過他一次。

他很辛苦地吐出一句話：

「我有一個學醫的朋友……。」

她搖搖頭，毫不考慮的樣子。

「不會讓你痛苦，嗯？」

搖頭。

「你要原諒我，文英，我畢業後還有一年十個月的兵役。」近乎哀求的語調。

搖頭，苦笑。

「明天我們就去找我那個醫科朋友？」

她突然放聲大笑，笑聲一直持續著，令他渾身震索索地。

「你——好吧，那麼你說吧，要怎麼辦？」他被笑得發了狠，兩排牙齒磨著：「反正，結婚是不可能。」

「不用怕。」她收斂了笑容，眼淚掛在腮上，是剛才笑出來的：「我——不會給你添麻煩。」

「但是——你？」摸不透她的心思，反而不安了。

然後她放棄了一切——包括學業和博愛社，離開宿舍。然後失蹤。

在她唯一留下的一些凌亂的筆記本上這樣胡亂的塗著：有了新的生命，我不再是孤兒。不瞭解你，但是會學著諒解。不要依賴什麼，卻要信賴什麼……。你尋不到我的，你走你的陽關道吧。

天涯何處是歸程。何處何處。歸程？也不求世間的同情。同情同情，同情是罪惡。罪惡。

隨著她的失蹤，他陷入極度的悲沮抑鬱裡，筆記本上一字一滴血般滴在心頭。他感到她的衣香鬢影充斥紛飄於他臥室裡裡外外，迫使他重新整理臥房，取下雷諾瓦的裸女。

但，他縱使能變更外在的一切，卻阻隔不了那在夜晚亙古不散，乍然躍出的笑容。在夢裡的笑，扭變成淒厲的聲音，像那一聲掩耳也避不了的狼嗥。夢醒時已驚出一身冷汗。

他一直被囹圄在一些不能扎根的浮思妄念裡。

這種低盪一直持續到他收到入伍通知單，生活情境驟然大變，在肉體的磨練中，磨去了那些心靈上的煎熬，一切才漸趨緩和。

下了野戰部隊當排長，在那一連串殫精竭慮的出操演習之外，還抽空念些托福和GRE。他想退伍後遠走高飛，那樣一切更容易像雲煙般化為子虛烏有。

這段時間，他結識了一個以出國為最終極目標的富家女——姚莉。她鼓勵他，給他寄大批資料，替他訂了幾份英文雜誌。

等你退伍，我們就走——姚莉告訴他。

距離退伍的日子由三位數降為兩位數，本來已很平穩的心，卻因了駝子一封信裡一句無意的玩笑話，弄皺了心湖。駝子說：

「上回你向我提起的那個不肯墮胎的女孩子有下落嗎？搞不好小孩都生出來啦。」

這樣輕描淡寫裡夾著嘲諷與責難，使他不安起來。

那些漸杳的笑聲又清晰起來。惡夢又接踵而至。

他夢到狼嗥。笑聲。鼓噪的烏鴉從頭頂上掠過。

他夢到嬰孩的啼哭。那種哭斷柔腸、哭碎五臟的啼哭聲，在一個峽谷裡飄來盪去，迴旋迴旋不止不休……。

他向她的朋友同學打聽她的下落，沒人知道。

從鹽水鎮空手而回後，他不放棄找尋。就在要退伍的前兩天，蘇秋慧又來了一封限時信說：

「葉文英在白河鎮。」

三

嘉義客運通過了長長的狹橋，通過了一片片甘蔗園，白河鎮就要到了。

他從車窗外望，莽莽樹林之外是一片已荒廢了的磚窯場，一些黑紅色的斷垣殘壁映著落日餘暉。夕陽殘照下的大平原對他而言是生疏的，可是白河鎮就近在眼前了。很快就要見到葉文英。竟是那種孤舟泊岸的心情，那樣打從心裡渴望著那淼茫的彼岸。他早已忘了還有一個等著他去太平洋彼岸的姚莉。

遠遠幾叢蘆葦，幾座黑烏烏的土窯，白河鎮就要到了。他不敢不願不能再去想像葉文英的忍辱含垢。但那早已塵封、已從生命裡割離的記憶，又恍恍惚惚從遺忘的夢魘中儆醒……。

無所不在的電。德不孤必有鄰。孤兒。少年監獄。雷諾瓦的裸女。淒厲的狼嗥。星星在故鄉是夢。星星是唯一的嚮導。處女星座。鹽水鎮的梵音與木魚聲。玉蓮花的淡香……。

他倏然驚覺：車子已駛入白河鎮。

下車後，眼前是一間榻榻米店、一家鐘錶行。一些穿著黑布衫的老人，那樣意態闌珊慵慵地閒逛著。一地的筍乾罩在矇忪的簷影下，像一塊塊剝落的小瓦碎片。像在鹽水鎮一樣，他感到有些不知所措。這些店、這些人，為什麼會像隔著毛玻璃般不真實。

在那些窄巷裡尋里訪鄰的穿梭了好久，終於找到了一家有著院落的老式住宅。

瘦高聳立的一株檳榔樹下，一個中年婦人正坐在藤椅上打盹。他竟有些猶豫地趑趄不前了。

一根竹竿晒著一串乾了的衣褲。竹竿上停了一排麻雀。在微風裡，衣褲飄著，麻雀叫著、跳著。

他向裡面才跨出一步，那群麻雀撲哧撲哧地嘩然群飛。

一個年輕的少婦從漆黑的屋裡走出來，仰起頭，看到夏曉南，先是一怔，繼而低下頭，走到竹竿底下，神情很不自然，收拾那些衣褲。

一點也沒錯，她就是了。他正欲脫口而出，卻被什麼一下掐緊了脖子，只能輕輕發出「呃」一聲，心開始怦怦怦怦地忐忑不停。

她捧著收下來的一大堆衣物，迅速轉身向房子，但彷彿是負荷過重了，竟顫顫抖抖地鑽進屋子的漆黑中。

他也緊跟著快步走入那漆黑裡，然後嗅到一股酸酸霉霉的筍乾味。

向右轉進一間臥室，亮了些。葉文英把那一堆衣物擱在床上，自己坐在床緣，臉朝著裡面，開始摺疊那些衣褲。

他像遭了雷殛那般地啞然，連句最起碼的問候也矯飾不來了。倒是她很泰然地從皺成一堆的衣褲中抽出兩條嬰兒尿布在手中扯了扯，攤開，對折，再對折，身子沒轉過來，聲音卻出來了：

「該退伍了？」

「哦——剛退伍一天。」

「一切——還好吧？」

「唔。沒什麼好或不好，你——」

「怎麼想到來這兒？」

「我向蘇秋慧打聽到了你。」

「她不該說的。」

「文——葉——」

「來這兒想看看我的孩子嗎？」

「文英——」

「他快滿兩歲了。」

「我想——向你道歉。」

「忘了西格爾說的——」

「我能看看他嗎？」

「你不怕我先生嗎？」

「文英，你還沒——蘇秋慧都告訴我了。」

「哈哈，我該找個人嫁的，是不是？」

「讓我看看孩子……」

「沒怨過你的，是我要承擔的。」

「那孩子呢？」

「他叫懷南——很俗很俗吧？我不是愛恨之間真空的，畢竟他也流著一半你的血。」

「文英，孩子呢？」

「別看了，沒多大意義的。」

「求求你，別折騰我，讓我見見他……。」

葉文英突然面無表情起來，那樣肅穆地叫夏曉南有些裹足不前。她緩緩掀起了一個土黃色布簾……。

一個很小很小的男孩，戇戇的、愣愣的坐在地上，骯髒的小手扯著一隻布製大狗熊的耳朵，另一隻手拍打狗熊挺凸的大肚皮，口裡不清楚地嚷著：

「吧——疤——」

一些唾液在小孩口角擠聚成白色泡沫。他瞪著走進來干擾他的夏曉南和葉文英表情沒改變，只一味地專心打著大狗熊：

「吧——疤——吧——疤。」

曉南感覺到這小孩的異樣，那種不太旋轉的眼球，僵僵直直的。可是想到他是自己的骨肉，忍不住脈管一陣賁張，走上前去摟他，卻被葉文英伸手攔阻了：

「別讓他碰髒了你的西裝。」

「文英，我——」

「我還忘了告訴你，他是白痴。」

「啊——」他張開大口，發出了一聲後，腦門子受了什麼錘擊，原本亢奮的心情就一下被關入冰窖裡凍了起來。

「吧——疤——吧——」

那小孩木然的臉上浮出一絲笑意，不知朝向誰。呵呵。呵呵。繼續拍打大熊的大肚皮。

「懷南在一歲時發了一次高燒，來不及送醫院，就——」

「……」

「不過，我還是把他當成寶貝。」她一逕苦笑起來，眼角魚尾紋深深地凹陷了。

「……」他臉頰連著眼睛的肌肉抽搐起來，腦子仍然昏蒙蒙地。

「好了，夏先生，你該走了。這兒不適合你，尤其這白痴小孩叫你噁心。」

她反手掀起土黃色布簾，做出送客的手勢。

「文英——」

「我不希望你破壞了我們母子維持好久的平靜生活。」

他沒有離開的意思。他走過去，彎了腰，一把抱起了小懷南，小懷南沒反抗，只是把唾涎全給黏到他的面頰和衣領上了。大狗熊咚的一聲跌回地下。

他把小懷南高舉過肩，架在自己脖子上，穿出了幾間小房子，走到門外的大院落。

在只剩單調蟲聲的靜夜裡，高瘦的檳榔影溶在空寂的大院落裡，讓徐徐的風，把紛亂的葉子舞成一團團魅惑。他抬起頭，那樣似曾相識的密集星光一逕從上而下沉降下來，猶如朦朦朧朧的塵和幽幽薄薄的霧。

文英也跟出來，就立在檳榔樹的影子下：

「夏曉南，你——」

他看到她在黑暗中瞪大的雙眼。

「吧——疤——」小懷南朝著天空喊了兩聲。

「文英，懷南已經認出我了。」他很坦然地笑笑。像憬悟了什麼似的，眼角閃著亮晶晶像星光一樣的東西：

「你看，他會叫爸——爸。對不對？」

「……」她先是一陣緘默，然後大聲說：

「曉南，你走吧。你有你的前程，不要被我們母子牽絆了。你不是一直想出國深造？手續辦好了沒？」

「乖，乖，小懷南最聰明，再叫一聲爸——爸。」他把臉湊近小孩的髒臉。

「吧——疤——吧——」

他再一次仰起頭。哦。塵歸塵。霧歸霧。塵霧由薄轉厚，由淡聚濃。而星河呢？那樣淙淙潺潺漫漫蜒蜒地，時而滿溢，時而枯竭，卻不曾停歇地流過崇山峻嶺，流過汪洋大海，流經故鄉，流經異鄉，流經異國……。

「曉南——聽我說。」她又在樹影下說：「你不要感情用事，你可以心安理得的走，走你沒走完的路，我不會怨你。」

「來，再叫一聲爸爸。」他把小孩又舉過頭頂，再放回懷裡：「好乖，好聰明。」

「不要內疚，曉南，我心甘情願的。」她近乎歇斯底里地用沙啞的音調懇求著。

「明天——」他眼瞳裡迸射出那樣不能撼搖的威芒：「我帶你們母子回北部。我們在那兒定居、扎根。我們還要生一打小孩，我把他們養得肥肥的。」

葉文英再也憋不住，反身跑開，掩著臉回房子裡……。

良久良久，他才感到自己臉上扭皺成一團糟：小懷南的唾涎、自己的汗，還有一些眼角滲出來、熱燙燙的，都像蠟油般烘黏在一塊兒了。他輕輕把小懷南放在檳榔樹下那張老藤椅上，自己掏出手帕來揩著臉。

隔著幾間房子，他仍然清楚地聽到葉文英肆無忌憚洩洪般的哭聲。再也不是那樣冷冷傲傲堅強的女孩了。

讓她去哭成一條淚河吧。他想著，又拍拍手：

「來，再喊一聲吧──疤──」

小懷南這回可沒再理會他，直愣愣地看著前方。

風吹過，悉悉窣窣，是檳榔樹的葉子吧。

燦燦然一天星斗。招我。招我。招我走入星河。他永遠無法記完整這些了。一個為人父的，不再會有夢了。像老駝那樣滿足於他的小陀螺，像姚莉的姊姊那樣得意於她的 Paul，而他，該滿足於什麼？

葉文英的哭泣聲漸漸杳遠。

他不厭其煩，像當年「同花順」說笑話那樣興味盎然地一遍又一遍，毫不洩氣的對著囈囈的小懷南說：

「來，乖，再叫一聲吧——疤。」

「來，乖，再叫一聲吧——疤。」

「來，乖，再叫一聲——」

山在虛無縹緲間

依絲帖，我讓你洞悉了我所擁有的一切，包括愚笨、貧窮、傲慢、自卑、瘋狂、嫉妒；我向你毫不保留地裸露出經不起觸碰的傷痕與隱私。

在始終陰陰霾霾的日子裡，這樣大的學校，連一個哭的地方也找不到。蔡曼光起身去關上教室的門，她嫌走廊太嘈雜，可是我卻從心底狂喊出來：

把門打開吧！把門打開吧！讓外面的笑聲流進來。

父母終於決定明天去律師那兒辦離婚手續。事實上離婚與否對全家而言，都只是痛苦，對未來，我不敢再有任何希冀。我只有喃喃祈禱：

父神，如果能行，就把我面前的苦杯拿開。但是，不要聽我的，照祢的旨意行吧！

孤獨，就像窗外那棵昂然的麵包樹，以一種不可侵犯的姿態生存著。而我懷疑自己又何嘗存在過呢。

§

第一個沒有母親的冬天，我隱瞞起所有的悲痛與憤恨，盡量扮演一個懂得體貼弟妹的大姊。我已經失去任性發脾氣的權利了。

可是那一雙令我瘋狂的眼球啊，在幽暗的斗室裡轉動得像失去光澤的玻璃珠。嚴肅、冷漠又叫人憂慮傷心的眼球啊，為什麼不能笑一笑？噢，父親，你永遠使我覺得不安。

離你越來越遠了，依絲帖。或許這樣也可掙脫一些愛戀。我不能再依附什麼了，除了一串串自語和自我封閉。

這些日子喉頭又發炎了，加上感冒，弄得面無血色，我不敢向父親提出買藥的事，我期待自己的稿費。

我忍著病楚，繼續到音樂教室練唱，心情也開朗些了。潘紹華替我找了一個鋼琴高手鄒雲為我伴奏，弄得我緊張兮兮的。上一次失敗所留給我的信念是這一次一定要成功。鄒雲說「茉莉花」太柔，「長城謠」缺少變化，「蒙古牧歌」沒前奏，最後決定了「高山青」。只是最後那一口氣不間斷的十六拍，轉著轉著就要憋不住了。

我竟有些怕鄒雲，依絲帖，這種莫名的心悸讓我想逃避她。鄒雲坦白的笑使我無處可遁逃，她說沒彈過「高山青」，可是把琴譜往架上一放，悠揚的琴音就行雲流水般從她纖纖十指間幻化出來。我因此而唱得更起勁，但是，依絲帖，我向你坦白那曾經閃過我腦際的一個卑劣念頭——要是鄒雲能彈錯幾個音符，該有多好。

她一直和煦地笑，更加深了我的妒意，我恨她一切那樣完美。你們都有個可愛的家，你、潘紹華、鄒雲都是完美的，我感覺自己和你們隔離了。

我告訴鄒雲喉嚨很難受，不想練了。把便當塞回書包，熄掉音樂教室的燈，身後潘紹華還一直嘀咕著：

方儀琴，這回可要拿個前三名吧。

為什麼走向家的步子總邁不開？書包越來越重？

忘了告訴你一件鮮事，上回發表了那篇〈山中歸來〉後，一個建中的男孩，署名叫「山客」的，來一封信，本來我是不想回的，後來看看內容，並不壞，也不要他們說一女中的女孩都很傲，結果還是回了信。

我告訴山客說，我們只通信不見面，他說那是騙小孩的玩意兒。早晚我們會見面的，因為地球這麼小——他在信上這樣寫。

依絲帖，是我們不愛思考嗎？還是這些男孩故弄玄虛？山客最近和我談信仰、談哲學，我覺得自己孤陋寡聞。他提到「達達主義」和「存在主義」，他說上帝棄我們於污穢和痛苦中而不顧，所以我們不要仰仗祂，祂根本不存在。

我不想理他了，但是我不甘心，我在回信上如此說：

朋友，有沒有信仰倒是其次，但是我不欣賞你說自己不信教時那種狂妄的語氣。不要用摒棄上帝、拋棄宗教來誇耀自己，以為那就是強者，在我眼中，只不過是一隻站在岸邊想向下跳以炫耀自己勇敢的小鹿！

§

知道我為什麼喜歡你們賽球嗎？因為在哨聲響後那一剎那，你們每一個人的表情變成那樣專心，純潔，可愛。

我不太欣賞蔡曼光，她不能控制自己那急躁的脾氣，每次放學以後那種練球方式，非拿第一不可嗎？但是你們沒教練、沒系統，連球都護不住，總不能靠態琳一個人得分吧。

那天班會大家興奮地投票決定，如果得到籃球比賽的錦標，將它的所有權贈送給班上第一個結婚的女孩。在大家熱烈的掌聲中我突然想，會是我嗎？哦，依絲帖，那樣渺茫不可期的未來呵。

每回陪你去練球，看你們熱呼呼的爭球、打鬧，就覺得自己不屬於你們這一群，我朝你們微笑、微笑、微笑，整個臉笑出一萬條皺紋還是一個靜靜的觀眾。依絲帖，我有一個天生冷漠的靈魂嗎？

§

嗓子越來越糟了，今天練唱時聲音又尖又硬，潘紹華皺著眉說：

怎麼啦？

鄒雲彈著琴卻也頻頻抬頭看我，面無表情。

依絲帖，相信嗎？那一瞬間我恨透了她們，那種憐憫、同情的眼神。尤其是潘紹華，那靈秀慧黠的眼睛，朝我一眨一眨的，柔和的笑意卻抹不去裡頭所含的嘲諷。她對我很好，可是她的笑和關懷深深刺傷了我。她說：

怎麼不吃些藥呢，越唱越走調呢。

鄒雲越彈越快，我幾乎要跟不上了，我掌心開始冒著冷汗，我仰了仰脖子很暈很暈，腿開始癱瘓，然後我只聽到潘紹華張大嘴巴說：

啊，方儀琴昏倒了。

我虛脫得很，但我仍有零碎的意識，我不要自己像一隻垃圾堆裡的病貓。依絲帖，我可以聽到你們從球場跑來的腳步聲，我感到你正攙扶著我，你們手忙腳亂，我依然癱軟著……。

我覺得自己並沒有完全被摒棄，我有很短暫的幸福感。

誰知道她的家？你們開始提出這個問題。誰知道——

家？哦，我的家？我是有過很完美的家，在童年。

記憶中是在海邊，整個童年都在海邊。我仍然不喜歡海，它太驕傲，太令人莫測高深。可是我對那些遙遠的山，隱隱若現的山峰卻有說不出的幻想與綣戀。每次我唱「高山青」，我想到童年夢幻裡的山。

高高的牆，寬寬的大院子，種滿松樹和各色的菊花、水仙和玫瑰。

由於多病的身子，父母對我的照顧也就比弟妹多。那時氣喘病一發作，母親就把我抱到院子裡最安靜、陽光最充足的角落；那兒有一個大大的竹籃懸在一棵老榕樹上，她將我擱在大竹籃子裡，父親會買很多蘋果，金金紅紅亮亮的，在太陽下還會反光，我把蘋果一個個攬在懷裡睡覺，一覺醒來，身上總多蓋了一條小毛毯。吱吱喳喳的小麻雀，繞著竹籃飛啊飛的，飛累了就停在竹籃上。我睜開眼，所見到的往往是母親像花一般的笑容。一雙白嫩嫩的手那樣一下一下鉤織著毛衣。那大大的毛線球在地下被小貓拖得老遠老遠，我幾乎看不見了。那隻小貓的名字就叫依絲帖。依絲帖有一對翡翠眼，哦，這就是我為什麼喊你依絲帖的緣故了。

後來小貓依絲帖神祕的失蹤，給全家帶來了厄運；父親在一次選舉活動中失敗，父母之間的裂痕就逐漸擴大。

那些火爆場面像一顆顆定時炸彈，把全家和樂的氣氛炸得粉碎。常常是花瓶、菸灰缸滿天飛，父母天天怒目相向，有一回，我突然失去理智的向他們大吼：

爸爸、媽媽，我恨你們！

然後我的嗓子啞得再也擠不出聲音，父親手中拿著正要拋向母親的筆筒，像觸電一般痙攣，然後緩緩放下筆筒，頹然坐回床緣，母親哭著跑出去。一切又陷入無邊的死寂與虛空裡。

呃，依絲帖，幽遠的依絲帖，你會是幸福的天使麼？

§

那個叫山客的男孩子約我去歷史博物館看朱銘的木刻。

他的信寫得很肯定，讓我沒機會拒絕。他說：

我喜歡雕刻，三點半在石獅子的背上等你，不見不散。

我去了，他果然騎在石獅子的背上，穿著制服，大盤帽弄得兩頭尖尖，他好像神機妙算般從石獅子上一躍而下：

方儀琴，對不對？

我向他微笑，相信自己的表情一定窘透了。

我們進了博物館，從頭到尾都是他的話。我只有點頭說「哦，是這樣啊？」的份。他指東指西，很內行的模樣：

你看這一刀一刀都是起手無回，不必修飾的。

你要注意這些凹凸的斧鑿痕對於光線的反射和捕捉。

這些大刀闊斧是像潑墨畫的寫意，要靠才情。

從博物館出來已經是黃昏了。我們漫無目的踩在古樹濃蔭下。我找不到話題：

你會考文組嗎？

是的，怎麼？男孩子考文組就像矮一截？

沒這意思。考藝術系嗎？

不。我決定考丁組，賺大錢。你呢？

還不知道，或許，也和你一樣。

真可悲，中國文藝界又要少兩位人才了。

我以為他在說笑話，想禮貌性笑一笑，可是他說得很認真。依絲帖，那種認真真叫人難受。

說個故事給你聽，算是見面禮吧。他拉拉帽緣，笑著看我，彷彿徵求我同意。

洗耳恭聽，我說。

我們走到那座紅色的小亭子裡，他示意我坐下，然後從繡著學號底下的口袋摳出一根被壓得皺巴巴的菸，劃根火柴，故事也就像煙一般噴出來了：

我的祖父生前嗜賭如命，傾家蕩產，死的時候，屍首擺在廳堂，連棺材都買不起。三更半夜，一隻野狗來咬祖父的屍腿，祖母連滾帶爬把腿從狗嘴中搶救回來，最後以草蓆包起來草草埋了。

祖母恨透了賭博，也恨透了貧窮，她教導父親做生意，結果有一陣子，父親重振家風，我們又成了富豪之家。可是，難道賭博也有遺傳基因嗎？父親在飽暖之餘也開始豪賭，和祖父走了完全相同的路子，有了相同的命運。祖母一場大病死了，大家都說是被氣死的，我的母親離家出走，父親仍然死賭爛賭，當債主逼討錢債時，父親幾次都想用安眠藥一了百了，我當時跪下去抱著他的腿，求他別死，我向他發誓說，我要賺大錢來重振家業……。

哦，依絲帖，此刻我眼眶裡盛滿了淚水，我偷偷看看山客，他緊抿著嘴，不知道想些什麼，那樣背著落日坐著。

我突然那樣渴望他也能認識主耶穌，我情不自禁用顫抖的聲音說：

山客，你——你曾經試著祈禱嗎？你願意打開心門，讓主耶穌進去麼？

夠了，夠了——他狠狠地咬牙切齒：

別來那一套，宗教是世界上最大的謊言，我父親也是虔誠的教徒，可是為什麼上帝沒有庇佑他？為什麼為什麼？

§

依絲帖，當我從台上走下來時，覺得台下每位老師與同學都用嘲笑的眼光打量我，像刺眼的鎂光燈同時閃亮，那些竊竊私語、交頭接耳，我只差沒用雙手去掩住臉。我更不敢看鄒雲失望的表情。我一起音就知道不對勁，嗓子一直癢著，放不開，我聽到自己漸漸變調的歌聲，我幾乎想半途而廢，衝下台去，依絲帖，我受不了。

最後那十六拍沒唱完，就開始咳嗽，我知道自己漲紅的脖子和面頰是多麼不堪入目。我按捺不住地咳著，眼前是昏黑成一片無助的海，我覺得在海裡浮沉著。台下有了騷動。

散會後，你排開人群擠過來攬著我的肩，我已聽不清楚你說了什麼，你像是要說服我，要我相信自己雖敗猶榮麼？哦，不可能啊，我又失敗了。我聽到你說：教務處已選派你參加國語文五項全能競賽，不要氣餒，好好準備，全班同學都引你為榮。

依絲帖，唯有你寬宏的愛，包容了我的偏執與狹窄。我回到家裡，找出大小楷的帖子，我要從五項全能競賽裡挽回一些失去的自尊。我是在自衛嗎？為了自己這一點點可憐的驕傲。

依絲帖，到目前為止，我們已經交換了二十五封信（那些隨手寫的便條加起來算一封吧），願你不會嫌棄我，仍然會喜歡我。

§

第一次看你哭得如此傷心，依絲帖，原來你也是平凡的。但是你真的只為球賽而哭嗎？

我斜倚在籃架底下，看著已獲冠軍的儉班球員呼嘯而去，我冷冷的、遠遠的、悄悄的瞧著你掩面痛哭，望著蔡曼光、熊琳坐在球場旁泣不成聲，而我卻一絲悲哀也沒有。當幾個人圍過去安慰你時，我忽然想笑，我想大聲說，傻瓜啊，他們真以為她為了丟掉錦標而哭嗎？

你在球賽輸後哭只是借題發揮。你是哭你今天的數學成績，哭你今天和蔡曼光為了換位置的事吵架。

噢，請饒恕我這樣洞悉你的一舉一動，請饒恕我因你的平凡而引起的自我安慰。你也有軟弱的一面，你也有泣不成聲的一刻。畢竟依絲帖也是平凡的血肉之軀。

§

雖然我病得慵慵軟軟的，可是聽到你在門口叫我，也就硬撐起來，隨手抓了衣裙套上。你笑瞇瞇地站在門外，手裡提著一籃橘子，我半晌說不出話來，良久擠出一句：

你真神通廣大，這種地方也找得到？

在驚喜之後，卻該是憂慮了：那樣皺成一團糟的床單、被子，滿目瘡痍的桌子堆得不留一塊淨土，地上積滿了灰，垃圾筒也滿溢了，好久沒換的衣服，我害怕你嗅到一些腐惡味。依絲帖，你的翩然而至使我慌了手腳。

我厚著臉皮請你進來，你卻是善體人意的，你說：

方儀琴，羨慕你可以抱著棉被睡個夠呢。

你從書包拿出一些筆記和作業：

精神好的時候補起來。本想讓你安心休養的，但是你這個緊張大師啊，功課不補恐怕影響病情哩。

然後你告訴我一件我不願知道的事，或許這才是你來的真正目的，你故作輕鬆的說：

哦，對了，教務處知道你最近身子不好，所以五項競賽已決定改派潘紹華參加，你好好靜養吧，少操這個心了。

你瞭解我的，你是有意把氣氛造成輕鬆，但是我卻不是一個好演員，我無法掩飾內心的難受，我笑了，笑了，笑了，笑得好醜好醜。我不要別人取代我，我還能爬起來，這些日子，我一邊咳嗽一邊練大小楷、背講稿，我不服輸的，我不服輸的。

你繼續想說服我：

方儀琴，身子好最重要，你該休養，雖然潘紹華處處不如你——

我不爭氣、不爭氣，我覺得兩頰熱燙燙的……。

§

無論如何我還得上課，只是情緒仍然很低落。

下課後我又沒直接回家，昨天向爸爸撒了謊，說要留下來趕壁報，我又如此輕易的寬宥了自己，真不知道如此愚昧的逃避家裡的陰鬱，能逃避到幾時？

我肩著大書包像肩著一袋憂愁，肚子已有幾分餓了。我不知道自己什麼時候已經走到藝術館門口，看看錶，六點半，那個穿黃卡其制服的男孩果然站在藝術館門口，他曾經說為了準備聯考，每天晚上都留在圖書館念書，但是，每天準六點半會繞著藝術館散步一圈，上一封信他說：

有一天，你窮極無聊想和我談談時，不妨六點半到藝術館，我可以放棄那一晚的讀書計畫陪陪你。

依絲帖，我是有意在六點半走到這兒的嗎？我的確迷糊了，可是我是來了，他正朝我招手……

嗨，方儀琴，我沒認錯人吧？

沒戴大盤帽，小平頭像被推草機剛推過的草皮。

聯考準備得怎麼樣了？我慶幸自己能自然的說一句話，但也知道問得沒意義。

別談這個鳥問題——他一下否決了我的話題：上課老師像念經一般念得夠多了。

對不起——我有些委屈地說。

對不起——他也說，然後笑了。

我們低頭看著彼此緩緩向前挪移的鞋尖，都沾了厚厚一層泥。

喔，對了——他忽然剎住腳，伸手到後褲口袋掏一張數學作業紙：我譜了一首曲子，也填好了詞。

你也會譜曲——我脫口而出，才知道失言了。

咦，怎麼？

哦，不，我以為你不該會的。

我唱，你聽：（他有那麼回事的清清嗓子）

像風、像雲、像雨、像霧，
人生本似晨露（他闔上眼睛）
時時刻刻朝朝暮暮
永恆縹緲虛無（他皺眉）
若你是山間的瀑布

則我是山腳的田畝（他微笑）
啊（他張大了嘴）——不要枯竭
也不要荒蕪（他嘟起嘴）
揮揮手啊（他果真揮手）——
揮去晨霧　揮去虛無——（他瞇起眼看著我）
誰啊誰，誰能指引我
除去心靈的黑霧（他又闔上眼睛）

我深深被他的表情吸引，剛開始覺得有些滑稽，等他唱完了，才知道自己已經迷惑了。

很有民謠味呢，我隨口說。

我是為一個女孩寫的——他沒看我。

我的心在咚咚打鼓，神經病，我想，真是自作多情。用手撫著耳朵，有些溫度。

哈哈——他用那種戲弄別人之後的笑聲笑了起來：我只是寫好玩的，為賦新詞吧？其實我們永遠不知道什麼是虛無，他把作業紙小心的折回褲袋裡。

依絲帖，我有一個奢侈的夢，要有個男孩為我唱歌，唱一首世界上沒人唱過的情歌。

天色已悒悒地沉下臉來，我想該回去了，讓弟妹們守著易怒的父親和一室的茫然，於心難安。

你父親——還好吧？他竟這樣突然走入我的思維裡。

老樣子，你——令尊呢？我很直覺地反問他。

唉，他——沒有什麼轉機，最近又向朋友借了一大筆款子。

他——常發你們脾氣嗎？（我總聯想到自己的父親）

喔，會發脾氣倒好，他常常把自己悶得像缸子裡酸酸的泡菜，吭也不吭，我好怕——怕會在那一天清晨，睜開眼，他不在了，永遠不在了……。（他聲音低到幾乎消失）

不，不會的——我喊了起來，才發現有些失態。

他有幾分訝異地注視我，槎枒的樹枝陰影在他臉上交錯成一個不大不小的籠子，他那深陷的眼睛在籠子裡閃爍像街邊已亮起的燈。

該走了，依絲帖，我真該回家了。

§

依絲帖，為什麼我除不去心裡的憤怒？

當醫師宣判了我的病時，我的心就往下墜、墜、墜。他用很嘹亮的聲調說：

咽喉炎失聲症。

醫生給我打了一針，領了一包藥，一百四十元。父親拿著那包藥一直哀聲嘆氣說：病不起喔，病不起喔。

醫生、護士、病人都集中眼光看著我們。

我好恨，好恨，依絲帖，我虛榮嗎？

晚上我故意不理父親，他問我話，我就指指喉嚨，他終於破口大罵：

你這該死的女人。

噢，依絲帖，我知道自己替代了當初挨罵的母親，我討厭他，我恨他，我很早很早就看透他，他是一條卑鄙，軟弱、無能、骯髒的螞蟥！他吸取別人的血來滋養自己，他永遠站不起來！

哦，依絲帖，我為什麼要用盡一切惡毒的字眼來形容他？為什麼為什麼？

§

又和病魔掙扎了三天三夜。每年秋天，氣喘病復發，只是今年母親走了，病情也就慘重了。醫生說我體質差，要打鈣針，又耽心有副作用，要我多吃魚肝油。可是我一聞到那種腥味，就反胃想嘔吐。

醫師走後，父親從菜籃裡翻出一個蘋果說：

你小時候每回生病都要吃蘋果。

是嗎？小時候是這樣嗎？我喃喃地說，看著父親枯燥的手，兢兢地捧著一個淡紅色略夾青色的蘋果，輕輕放到我枕邊。不久他的形象在我眼前就模糊不清起來。

在寂寞的病榻上，格外思念母親，當我發高燒到幾乎昏迷的狀態時，像奇蹟一般，母親出現了。

依絲帖，相信嗎，是奇蹟啊。

她把我燒燙的手擱到她的面頰，隱約低聲地喚著：

阿儀，阿儀，我是媽媽。

我昏迷而痛苦著，我根本看不清她的臉，我想用勁去握住她身上任何一部分，但是使不出力氣，像脫了臼的四肢吃力地想撐起來。我想喊出聲音，但頭好沉好沉，氣也接不上來。

等我比較清醒時，她已經走遠了，聽小妹說，臨走時她又和父親吵了一架。

我難過得無法克制自己，半夜一個人支撐著爬下床，到了水槽邊，和著止不住的淚水，一陣接一陣的嘔吐。

當我虛脫地爬回床上，累得睜不開眼，可是腦子卻清晰地浮現了母親在大竹籃旁邊為我織毛衣的神情。那一個鬆軟的髻。那件黑緞短襖，那個滾得老遠老遠的毛線球——那樣引人遐思，屬於另一個時代，另一個世界，漫漫的、靜靜的、暖暖的午後。

神思恍惚地，一種遙遠而空洞，卻細細悠悠不曾間斷的聲音，一而再，再而三的飄進耳膜，是那年冬天啊，母親坐在床緣，逐字逐句的為我講解古今文選，那種包容一切的眼神為什麼這樣淡了，消失了……。

索索的聲音匿藏了，毛線球滾哪滾哪，滾成了又紅又亮的大蘋果……，我伸出雙手去攬那蘋果——依絲帖衝過來，向我弓著背，翡翠的眼睛煥散出血一般的敵意——曾經那樣不吉利的神祕失蹤的依絲帖，牠的眼瞳由綠轉藍轉灰轉白轉金，噢，刺人的金色——蘋果，我的金蘋果……。

我掙扎扭動一下身軀，把枕邊爸爸放置的青蘋果給砸落床底，在地下滾了一下，停在椅腳後緣，我想翻身下床，但撐不起軟趴趴的身子，只好側著臉，眼巴巴地瞪著那顆青蘋果，我不要自己把枕頭套弄溼了，但是青蘋果卻已漸漸變幻成一張父親焦慮多愁的臉。

依絲帖，我想到山林中去，回到海邊，去重拾回一些對生命的企盼。

或者，在人跡稀少的鄉間，有一棟屬於自己的小木屋，過著與世隔絕，黃冠草服的日子。

但這一切，或只能是一個微不足道的泡沫吧。

§

也許很快大夥都要分手了，只是我不去想罷了。

我要說一個奇異的夢，那樣從生活中抹不去的夢。

夢裡有一座禿了頂的山，是牛山濯濯吧，但它那樣麗亮明朗，不沾一點雲絮。有個男人，長得有些像父親，也有點像那個叫山客的男孩，但是那男人于思滿腮，他攙扶著我，我們一齊仰臉看山。他在夢中是我丈夫，陌生的丈夫。我問他這是那兒？他用英文說了一個地名，現在想不起來了，有四個音節，怪怪而不順口，卻也神祕的像地中海附近的島嶼名稱。他說：

這裡的山脈沒有雲，都是稜線山脊畢露無遺的。

他手裡拿著一封航空郵簡，他說，從台灣來的。我恍然大悟自己腳下的土地已不是家鄉，我拆開信，是你的，依絲帖，是你的字跡。你說鄒雲去巴黎深造音樂，蔡曼光去了美國，熊琳嫁了一個「矮矮短短」的工程師——我是那樣清楚地記得你寫「矮矮短短」時還笑了起來（熊琳曾誇口要嫁一個一八〇的男孩）。

我問你，那個有著一雙慧黠眼睛的漂亮女孩潘紹華呢？你嘆口大氣說，她因為男朋友去了國外變了心，一氣之下，躲到花蓮山區教書去了，目前也沒了音訊。

最後你說，大家都長大了，都要開始面對帳簿，開始柴、米、油、鹽的計算了。

我捧著郵簡一遍又一遍的念，人是會老的，我的雙手開始顫抖。一轉身，那個陌生的丈夫不見了。我喊他，聲嘶力竭地喊他（我忘了我喊他什麼，彷彿就是他說的古怪地名），除了滿山滿谷迴迴盪盪的聲音外，只有一座禿頂、無雲而明朗的山。

一座禿頂、無雲而明朗的山！

山那一頭突然冒出一句沉沉的聲音：

只在此山中，雲深不知處。

我朝著聲源走去。雲深不知處，雲深不知處，可是啊，依絲帖，我親愛的依絲帖，這座山沒有雲，沒有雲，一座沒有雲的山哪。

我欲翻過山巔，瞧瞧山的那一邊，是什麼世界？我吃力地爬著，一個人喘著氣，背著大書包、背著一大袋憂愁、弓著像依絲帖的腰，爬著、爬著。（書包在何時掛上我的肩膀，我竟搖身一變，又穿上高中的綠色制服。）

我已爬得夠高了，我心驚肉跳。

生命是輪迴的，我又要回到童年了。

醒來時全身酥軟，飄飄然，四周彷彿仍是雲層，額頭涇冷冷的，側臉看看壁上老鐘，凌晨三點，今天上午還有數學和英文隨堂測驗，乾脆起身扭開燈看書，雖然仍垂著眼皮，但是還得強打起精神，最近幾次因為缺課太多都沒考好，真替自己擔心。

§

該去的總會去的，不是嗎？我這幾天積極準備期考，這學期也過得真淒慘，病了幾次也把功課成績拖垮了。

依絲帖，我該從何說起呢？今天山客約我去看「春寒夢碎」，我告訴他說功課太忙，考完試再說。他卻一口咬定：非今天不可！

颱風帶來了一些雨，沒走幾步路就溼了羅裙，電影院門口的人稀稀落落的。他一直心不在焉，情緒很不穩定。他很少抬頭看銀幕，老是用手捧著頭低著。散場後，走出溼漉漉的街道，風變得淒厲起來。他和我挨得很近，他自顧自的說著：

我是不孝子，爸爸剛死，我就跑出來看電影。

我沒聽清楚他整句話，正想問他，他忽然扳過我的肩，我大吃一驚，以為他要幹什麼，他失魂落魄斷斷續續地咬著牙，只說了幾個字。

他—還是—自—自—殺—死—了。

他放開差點插入我肩膀的手指，轉身跑開。

我看著他的身影狂奔在風中，在雨中，逐漸變小……。我踉踉蹌蹌地扶住罩著一層水氣的石柱子，頭暈暈沉沉的，一直無法清楚地明白剛才那些突如其來的事情。

他自殺了？他——他是誰？是他那個因賭博而傾家蕩產屢次要尋短見的父親？哦——山客，我的天，那一陣子山客總在我面前跺著腳說，為什麼我不能快些長大，撐起這個家，我不要參加聯考了，我直接就業，來挽救爸爸，挽救這個家。

噢，依絲帖，我好冷，我的臉，牙齒，手腳，全身全身都同時打起冷顫來。雨怎麼不停？依絲帖，我渾身冷得發抖，快支撐不下了。我立刻想到我那最近為了多掙一些錢而病倒的父親——那個我曾經打從心裡咒罵他的老人。

我加速了步伐，也顧不得傘被掀去了一半，向上揚起來，奔回到家裡。

推開門，走進昏暗的客廳。身上的雨水開始從頭滑到腳滑到地面，他正仰躺在藤椅上，眼睛閉闔著，斜著頭，張開嘴，攤著手，一種讓人觸目驚心的表情，電視裡的平劇正侵侵狂狂地打殺不止，那些拿刀拿槍的花臉在螢光幕上繞著小圈子走。他下半身已滑在地下。我屏住了呼吸。死亡的幻影像一張失血的平劇臉譜，掛在他勞碌的面龐上。我緊緊抓住自己的胸口，啊——依絲帖，我聽到了他的鼾聲，隆隆的鼾聲，他還活著，他還活著，我還如此真實地擁有他。

止不住那衝動，我奔上前去，跪倒在他腳邊，替他把掉在地下的毯子撿起來，重新披上他的胸部（想到小時候隨時都會蓋在自己身上的毛毯）。我感到他渾身發燙，我握住他的手，他在模糊的意識中瞇著眼，口裡喃喃著：

誰啊？是小儀嗎？

我凝視著他額頭、眼角那一條條蠕爬的深溝，溝裡滿溢著生活所加諸他的苦難和奔波，禁不住那撲簌簌的熱淚滲和著臉上冰涼的雨水，全都滴到父親臉上那一條條已不勝負荷的深溝裡了。

老奶奶的婚禮

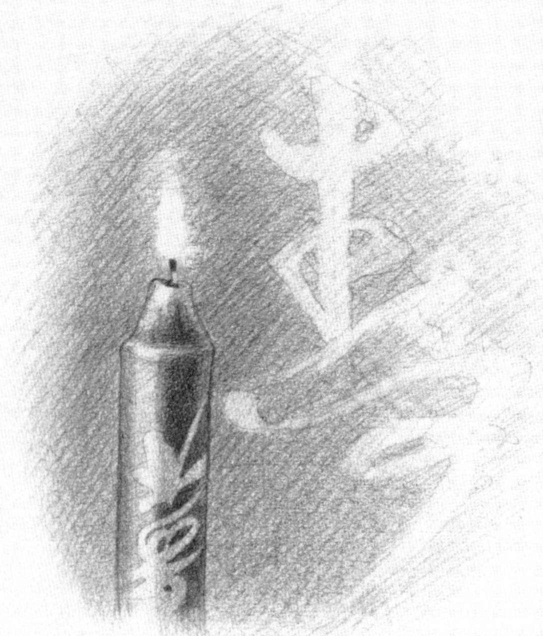

一、老奶奶有兩個夢中情人

小龍子在沉睡中被人輕輕的搖醒，迷糊著還想轉身，卻被一隻冰涼的手給箍著肩膀，莫非又是奶奶從古老的夢魇中驚起了？他隱約地聽到奶奶惶惴不安的低喚：

「小龍子，你看奶奶怎麼辦才好？」

「嗯——」他翻了一個身，把半個臉側埋入枕頭。

「小龍子，你說奶奶該嫁那一個？」

「嗯——奶奶，沒這回事啦。」他含糊地應和著。

「小龍子，小龍子，我要起來穿衣服，我——」

「奶奶，三更半夜，不要把大家都吵醒嘛。」他看奶奶真的要坐起來，就探出手扯她衣袖。

「你聽，他們又在門口喊我了，我要出去一下——」

「奶奶——」

奶奶抖抖索索地下了床，穿上繡花布鞋，立在陰暗中披上舊式黑褂子。小龍子透過蚊帳朝外看，奶奶扣褂扣的動作仍舊那樣從容不迫，儼然大家閨秀。扣完扣子，沒扭亮燈，就只枯坐在梳妝台前，一邊梳著稀落焦白的頭髮，一邊用顫抖似吟哦般的家鄉話朝著窗外呼喊：

「頂哇子，哈巴子，我就來囉，你們不要爭吵，我——我就要來囉。」

隔著綠色的蚊帳，再隔著灰濛的玻璃窗，窗外只是黑幽死寂的世界，連點月光也沒有，梳妝台上的大鏡子所反映出來的，也是黝黝然鬼森森的。夏天常常蹲在窗口下叫春的癩蛤蟆大概冬眠去了，不然怎麼除了循環不止的風吹落葉聲外，什麼也聽不到。小龍子把剛才奶奶睡過的那一部分棉被往自己身上扯，摟緊一些才不冷。奶奶真的又要出去了，她正猶豫地扭旋著門把。屋外那冷颼颼的世界真的會有頂哇子與哈巴子嗎——小龍子傻傻地看了奶奶的背影一眼，嗯，真想不通。

小龍子沒有任何想阻止奶奶出門的意念，根據往常的經驗，就是向她說破了嘴，也是枉然，倒不是因為奶奶那已半聾的耳朵，而是那絲毫不泯滅的信念，一次又一次，當她認為她聽到了他們的呼喚，她總是毅然地要出門，然後走到門外再喊幾聲，不久就知難而退，總那樣悵悵然地嘀咕著：

「他們又走了——」

惟獨這樣，奶奶才會心甘情願地慢慢卸去舊黑褂子和繡花鞋，鑽回蚊帳裡。

或許是今晚外頭咻咻的風逼得太緊了，奶奶才遲疑地不敢出門，她拉開一絲窗縫，又朝外面用低啞的腔調嘶喊著：

「頂哇子喲！哈巴子喲！你們別再打架了，我就來囉。」

在奶奶的幻覺中，這兩個夢中情人總為她爭風吃醋的，她也就是為了這種「三角關係」深深苦惱著。

小龍子聽到隔壁臥房爸媽正低聲交談著，每逢奶奶在半夜裡突然發作時，一家人會被吵起來。反倒是天天陪奶奶睡的小龍子，也許習慣成自然，除非奶奶拉他、拖他，他才會輾轉地清醒。他是奶奶唯一的孫兒，所以爸媽才決定把這個龍子交給奶奶來照顧，爸媽說他是小火爐，陪著奶奶睡時可以替奶奶暖被窩。

爸爸又掀起門簾走過來，小龍子預先知道底下會一再重演的對白和動作，於是屏住呼吸，裝著已經熟睡，雖然他被被子掩過了頭頂，耳朵卻也蒙不住。

「娘——娘——」爸爸開口了，聲音很高昂，顯然很激動，一面也是怕太小聲奶奶沒反應：

「娘，夜好深，鄰居都熟睡了，您別這樣大聲嚷嚷……。」

「喂——頂哇子喲，哈巴子喲，我就來囉！」

「娘，我求求您，我給您磕頭，我給您下跪，您別這樣，大家都辛苦了一天，需要睡眠……。」

小龍子怯怯地，偷偷地掀開棉被角。蚊帳外，朦朧昏暗中，扭晃著兩個黑影，一個已經跪倒下來——可憐的爸爸，過去他總是很得意，向人誇耀如何託朋友歷經艱辛把奶奶從即將面臨浩劫的家鄉接來台灣，不久家鄉就淪陷了，一直到這幾年奶奶精神有些失常，朋友建議把她送到精神病院或其他收容所。爸爸根本不予考慮，他理直氣壯的對那些朋友說：

「我接我娘來台灣，就是要親自奉養她，孝順她，補償她，她只是偶然很想念老家，就只講些別人聽不懂的話，唱些別人聽不懂的歌而已，她不傷害人的。」

爸爸每次都聲淚俱下的求奶奶別嚷，怕吵到鄰居的安寧，每到了鄰居快要爆發抗議事件時，爸爸只好設法搬家，奶奶更是借題發揮：

「搬家！搬家！把我從大陸搬來台灣還不夠？現在還要搬來搬去，你這個不孝子！」

「娘，只要大陸上的紅軍被趕走了，我就和娘一道回去，家裡的田地又可以重新開始耕作了。」

奶奶一直叨念著家鄉的田地、房子、丫頭，當民國三十七年局勢不穩的時候，她仍然堅持不肯離開田產一步，爸爸託了朋友連哄帶騙，要她來台灣「玩一玩」，順便看看「小孫子」，其實當時大姊小春已經出生，為了使奶奶來，才謊說是孫子，實際上小龍子是後來媽媽連生四個女孩才出生的，聽說來台灣之後，媽媽每生一個孩子，奶奶總是第一個衝進洗澡盆裡摸一摸，每回摸完，就獨自關起房門生悶氣，再催逼著爸爸把女孩送掉，她說，送掉女孩，才會生男孩。

等啊等啊的，總算是等到小龍子出世。奶奶才想到該回家鄉了，爸爸要如何向她解釋家鄉已經陷入紅軍手中，暫時回不去了？

窗子格登登地又被風刮響了，奶奶沒理會跪倒在地的爸爸。她好像更加決心要出去，故意放大嗓門。

「哎喲，命好壞噢，有人喊我也不准出去噢，哎喲，命好壞噢……。」

「娘，求您聲音小一些，我給您磕響頭……。」

「頂哇子喲，哈巴子喲，忍耐一下哪！我就來囉！」奶奶更變本加厲地怒吼起來。

小龍子看到門簾又掀開了，這回是媽媽披著棉襖弓著背，走進來，她拉著奶奶的褂袖說：

「奶奶，好啦，休息啦，再過幾天您就要做八十大壽了，身子別弄壞了，是大喜事呢。」

「不要碰我，我要出去，他們都在門口等我。」

「奶奶——沒有人在外頭啦，外頭只有風，是風聲，沒有人。」媽媽陪笑臉一遍又一遍地解釋。

小龍子從棉被裡探出頭來，喘口氣。他知道又得折騰大半夜了。外頭的風仍然一陣緊一陣，風裡飄著奶奶那種近呼哀嚎的顫音——頂哇子喲——哈巴子喲——我來囉……我就要來囉……。

滾你的頂哇子，去你的哈巴子——小龍子躲在棉被裡狠狠地咒兩聲，心裡果然舒坦些。

二、蓮子好像奶奶的佛珠

冬天的太陽溫溫吞吞地擠進臥室，爬上梳妝台上的大鏡子，藉著反射才緩緩褪去了一夜的驚悸。當小龍子睜開眼睛時，奶奶很安詳地端坐在那張滿是褐色斑點的藤椅上，手裡掛著那串佛珠，彷彿昨夜是平安夜，什麼也不曾發生，口裡默默念著。

「南無阿彌陀佛，觀世音菩薩。」

每念完一句，一顆佛珠就呆滯地從她瘦稜的手指間擠過去。每天清晨，當她念完整串佛珠後，就在那張畫有菩薩像的白紙底下戳一個洞，每當這時也是她最慈祥寧靜的一刻。可是今天她卻不怎麼專心，她默念著那千篇一律的佛號，灰灰的眼珠卻不停地左右打轉，想聆聽什麼似的。小龍子起床向奶奶請安時，奶奶並沒注意，這就很反常了。他聽奶奶念著經，卻發現從奶奶口中會冒出幾句不屬於經裡的東西：

「南無阿彌陀佛，觀世音菩薩，南無阿——告訴你我很難做人呀，兩個人，要我嫁那一個呢——南無阿彌陀佛，觀世音——哎喲，不要吵了啊，再吵，我誰都不嫁——觀世音菩薩——南無阿彌陀佛，觀世音……」

小龍子被搞得一愣一愣地，怎麼兩個人陰魂不散又來了呢？難道他們果真都急著要娶奶奶？

媽媽在廚房準備早點，她大聲交代小龍子：

「小龍子，二姊姊起床後，要她去阿桂那兒端盆蓮子！」

四個姊姊都在隔壁睡覺，放寒假，大家都不用上課，一個個像患了昏睡病般推也推不醒，小龍子推開她們的房門，四個姊姊都縮在被子裡，鼓凸起來像媽媽正在蒸籠裡蒸的花捲。想想，還是自己去阿桂那兒好了。

阿桂就在隔壁巷子，有水井和抽水幫浦的那幾戶人家附近。她每天早上定時來鐵路局宿舍這兒替七、八家人洗衣服，最近不曉得從那兒弄來了許多蓮子，分配給住在附近的一些婦孺們挖蓮心，每挖一杓三元，說起來也不怎麼好賺。媽媽知道了，便向洗衣的阿桂說：「阿桂，以後每天拿五杓來吧。」

「傅太太真會說笑話，那是我們窮人家才願意賺的辛苦錢。」

「我不是想賺工錢的，是我家奶奶閒著沒事，給她找些事做，找小春、小秋四姊妹們幫著挖，老奶奶會比較不寂寞。」

「聽江太太說，老奶奶晚上常常會……」阿桂也提起了那檔子事。

「老奶奶常作惡夢，她很懷念她的老家和那些田產，我就常常安慰她，告訴她，總有回去的一天。」

「其實老奶奶真好命，能在台灣享清福，傅先生、傅太太都這麼孝順。」

「唉呀，算了，老奶奶總嘀咕我們對不起她哩。」

小龍子把一臉盆的蓮子頂在頭頂上走著，他在「世界風光」影集，看過有人這樣走路的，今天多向阿桂要了三小杓，反正閒著還是閒著。

剛走進院子，發現奶奶站在窗口，惡狠狠地指著他：

「該死喔，小龍子，誰叫你又從姊姊的衣褲底下走過？該死喔……。」

小龍子被吼住了，猛然抬頭，才瞧見頭頂上正晒著一竹竿姊姊的衣裙和內衣褲，他連忙閃避，奶奶卻像吃了什麼大虧似的，一直哀嘆著：

「告訴你幾百次了，不能從女人的衫褲底下走過，會走霉運的——會一輩子長不高的……唉喲，會倒霉的——」

小龍子頂著沉沉的蓮子，嘟著嘴，用腳撥開門，暗暗自語著：

奶奶自己還不是女人？

把這盆蓮子擺放在奶奶房間的地上時，奶奶已數完了第一百零八顆佛珠，在神龕前雙手合十拜起來。然後在竹籃子裡取出觀世音的畫像，用鉛筆在衣下又穿了一個洞，就這樣，一天一孔，一天一孔，多了一個孔，刺滿了一百個孔，就要焚化升天，讓菩薩升天嘛？小龍子不明白——菩薩不早就在天上了？

早飯後，四個姊姊和小龍子各搬了一張矮凳子擺靠著奶奶開始挖蓮子心。

老奶奶在這世上就要活滿八十年了，可是挖蓮心的時候，卻不用戴老花眼鏡。大姊小春念初中就戴了眼鏡，大家都說小春最像爸爸。奶奶常常嘮叨著：

「會念書的人就會戴眼鏡，你們爸爸小時候為了要奶奶給他念中學，常常哭鬧著在地上打滾，和奶奶死纏，就是你們爺爺死得太早，奶奶就一個人守著那些田，掙錢不容易，你們爸爸像小春一樣，很早就戴眼鏡哩……。」

二姊小夏嫌今天蓮子太硬，去拿了些溼毛巾敷著，奶奶把溼毛巾摜到地下說：

「不要為了自己好挖，把別人的蓮子弄得太溼，真沒良心！」

奶奶是菩薩心腸，只是說話老愛重複，彷彿一個心地善良的信佛者，就免不了念經一般。她又借題重複起她百說不厭的歷史了：

「蓮子太硬太乾不好挖，就想弄溼——錢是不好賺的呢，過去在大陸上你們爺爺開中藥鋪，又有一些田，在坊間也算是望族了，可是偏偏肺癆病在家族裡流行著，你奶奶足足當了三代肺癆的看護……那時才知道賺再多也不夠賠了。」

爸爸說奶奶才四十歲就耳聾，是因為一直處在憂患和焦慮交相煎熬下，熬去了青春，提早老化的結果。爺爺三十歲就死於肺癆病，大伯、二伯才二十多歲也相繼在病榻下咯血而死，大伯的孩子後來也夭折了。年紀輕輕守寡，還得眼睜睜看著自己的兒孫一個個紛紛死在自己懷中，奶奶是夠堅強了。爸爸是奶奶的兒子、孫子中唯一的「生還者」。爸爸經常很嚴肅地訓誡小龍子，就舉這個例子：

「人要自己設法克服命運的，爸爸十三歲時也染上肺癆病，吐過血，可是爸爸決心立刻離開家鄉，遠離那充滿死亡恐怖的小城鎮！你看你爸爸活得多硬朗、結實，如果我也像你們爺爺、大伯、堂兄一樣，病在床上等奶奶去熬一些補藥，你奶奶現在就可沒人奉養囉。」

蓮子心越挖越多，一條條短短的堆疊在水泥上，像蠶寶寶的糞便般叫人瞧了噁心。奶奶說蓮子心最苦。到底有多苦，也沒人敢去嚐，反正很苦很苦；也許奶奶嚐過，所以奶奶在挖時，挖得特別乾淨。瞧她一個蓮子夾了老半天，怕還剩下一點綠綠的痕跡，她一遍又一遍狠狠地挖著……。

小龍子瞧那些已經挖掉心的蓮子，都裂著一個小口，很像奶奶身上掛著的佛珠。

「奶奶，蓮子好像奶奶的佛珠。」

小龍子邊說，邊指了指奶奶胸前的佛珠，奶奶好像懂了，就露出還有兩顆半牙齒的闊嘴，笑了起來：

「蓮子有很苦的心，佛珠中間卻是空的，沒有心。」

奶奶說著，摸了摸佛珠，佛珠已經透出深褐色的斑點凹紋。

她突然放下夾子，緩緩起身，去喝梳妝台前媽媽已給她沏好的熱茶，她用顫抖的手捧著熱騰騰的茶，每啜一口，哈一口大氣，照照大鏡子，再小心翼翼啜一口，再照一下鏡子，不久，鏡子就被熱騰騰的蒸氣給薰模糊了，奶奶的形象在鏡子裡也逐漸模糊起來……。

三姊小秋笑著說：

「奶奶年輕時一定很漂亮，所以現在還很習慣坐在梳妝台前。」

四姊小冬應和著：

「爸爸說，爺爺死後很多男人都託媒婆來勸她改嫁，可是奶奶堅持不肯，那時大伯、二伯又相繼死去，奶奶的情緒一直很糟，可是她還是拒絕了每天不斷上門的媒婆，她說她永遠是傳家的媳婦。」

「奶奶真是了不起。」大姊小春扶了扶眼鏡說：「我們應該為奶奶立一個貞節牌坊。」

幾個姊妹們挖著蓮心，正談到興頭上，卻被奶奶的一聲嘶吼打斷了。

「來囉！頂哇子，哈巴子，你們等著我，我就要來囉！」

奶奶用手緊緊抓著窗子上的木格，痛苦而迫切地向外張望，那樣渴望著想尋些什麼，紮好的簪子也因激烈的擺動，而鬆了開來，瞬間變成披頭散髮了。

姊姊們都很習慣奶奶這樣火車突然出軌般的行為了，她們繼續低頭挖著蓮子心。

「媽說明天要帶我們去買新衣新鞋，奶奶八十大壽時要穿。」小夏最關心這件事，她最愛漂亮，雖然她長得最醜。

「徐伯伯從高雄寄來一套很名貴的絲綢，媽媽給奶奶量了身，也是要奶奶在作壽時穿。」小秋說著，把挖出的蓮心掃成一堆。

「爸爸常說，如果不是徐伯伯，奶奶也不會這麼順利從大陸來台灣。」小春邊說著，也放下了夾子，站起來伸伸腰。

「小龍子！」奶奶轉過身子，從褂兜兒撈出一個紅包，姊姊們都知道，小龍子又有外快賺了。

小龍子丟下夾子連忙走過去，心裡掩不住那絲喜悅。

「奶奶，什麼事？」

「快快把這個紅包送去給頂哇子和哈巴子，一人分一半——一人一半啊，叫他們不能爭。」

「好的，奶奶，我馬上去。」

小龍子拿了紅包，很熟練的從大門口繞出去，朝著馬路走，他知道奶奶會在窗口一直盯著他，直到他在小麵店那頭拐個彎，就擺脫奶奶的視線了。

這個紅包是昨天別人給奶奶送來的壽禮。奶奶最喜歡攢些私房錢，爸爸就會找些機會塞給她一些紅包，讓她晚上一個人躲在蚊帳裡數鈔票，她獨自一個人總是數得很樂。

這一回要做八十大壽，奶奶光是紅包就收十來個，可是最近奶奶並不如從前數鈔票、疊銅板時那樣滿足和愉快了，她一直在擔心著頂哇子與哈巴子，可是頂哇子與哈巴子在那裡呢？連爸爸都不曉得為什麼奶奶突然虛構了這兩個男人名字。

紅包無法送到頂哇子和哈巴子手中，可是又非送不可，否則奶奶會從早吵到晚無休無止。小龍子每一回就把紅包揣在口袋裡，去外面繞一大圈，順便和隔壁的小孩打一會彈珠，看看時間差不多了，才從後門溜回來。

爸爸說，小龍子為了使奶奶高興，這樣做是對的，紅包就算是賞金吧。幾個姊姊卻妒嫉得要命：走一圈，賺一個紅包，哼，奶奶偏心。

可是，小龍子有時卻想：如果這世界真有哈巴子或頂哇子該多好，不然奶奶每天晚上這樣突然轉醒然後失魂落魄地喊著，到底要喊到那一天呢？

小龍子這一趟，賺了兩百元。他剛跨進院子，奶奶卻赫然立在院子中央，臉上皺紋盛滿了橫七豎八的焦慮：

「送到了嗎？送到了嗎？」

小龍子點點頭，他早就會理直氣壯地點頭了。

「他們長得什麼樣子？」

「這——」從來沒有想到會問這個的。

「是不是都有高高的鼻子，大大的嘴巴——小小的眼睛？」

「啊——是的，就是這樣的！」

「喔。」奶奶鬆了一口氣似的，竟笑了⋯

「我早就知道的——我早就知道的。」

「對了，你有沒有告訴他們，奶奶準備要結婚了？」奶奶左顧右盼了一陣，壓低嗓門，在她鬆弛多皺的臉龐上，竟也擠出害羞的表情。

「這幾天，奶奶收了這麼多紅包，你媽又去替奶奶訂做新衣服，可是奶奶很著急，不知道應該嫁給誰，小龍子，你說呢？你看那一個好？是頂哇子，還是哈巴子？」

「奶奶，我——」

「沒關係，你說嘛，奶奶自己拿不定主意⋯⋯。」

「奶奶，來挖蓮子噢！」房子裡小春她們又大聲叫嚷起來，小冬跑過來拉奶奶的衣袖。

「討厭，奶奶都快急死了，別煩奶奶。」奶奶甩了甩衣袖，沒理會小冬。

小龍子抬頭看到奶奶胸前的佛珠，突然想到奶奶說的，蓮子有很苦的心，佛珠中間是空的，沒有心。

小龍子伸出右手去摸奶奶胸前的佛珠，左手卻探入褲袋中摸著沒送出去的二百元大紅包，真的一下子不知道該說什麼才好……。他茫然地瞧著奶奶，奶奶也正期待地瞧著他……。

奶奶怎麼老想嫁人呢——小龍子疑惑地瞪著迷茫的奶奶。

三、**老奶奶，恭喜！恭喜！**

壽堂的四周全掛滿了紅幛子，地上花籃一個接一個，壽台上兩根大紅蠟燭燒成輝輝燦燦的一片喜氣，幾束桂圓，幾束壽麵，幾束壽桃，幾束壽糕，小龍子忖度著：這些東西只是用來擺飾的，真可惜。

老奶奶穿著寶藍色有著發亮的竹子花紋的絲綢褂子，像尊菩薩般坐在壽堂的沙發上接受親朋好友的拜壽。爸爸和小龍子站在一旁答禮，爸爸有些擔心，低下頭對小龍子說：

「今天可要保佑奶奶別突然發作就好了。」

小龍子仔細瞧瞧奶奶的表情，她乾癟的嘴上下規律地蠕動著，灰灰的眼珠愣愣地平視著前方，偶爾挪移一下身子。平常她坐久了都會站起來走一走，今天卻很安分，或許場面太壯觀了，倒使她有點不知所措。

「老奶奶，恭喜！恭喜！」

「老奶奶——福如東海，壽比南山。哈哈哈！」

「老奶奶，您真好福氣喲！」

「老奶奶，長命百歲哪！」

奶奶撳著嘴有點笑意，她一定聽不清楚賀客們說些什麼，可是光看他們的表情，至少都是友善的，恭維的。小龍子發覺奶奶朝他這兒招手，他慌忙湊上前去。奶奶神祕兮兮地問他：

「你看見頂哇子與哈巴子了嗎？」

「奶奶，沒有啦。」小龍子忙向爸爸使了一個眼色：情況有些不妙了。

「昨晚我和他們說好的，我要他們乾脆抽籤——誰抽中了，就來娶我。」

「奶奶，別急嘛，也許他們還沒有抽籤。」

「哎喲，可是，可是，客人都來了啊。」

「奶奶，今天千萬別大聲嚷叫啊，客人會笑話呢！」

又有一個人上來拜壽了，小龍子輕身閃回爸爸身邊去。

「啊哈哈，老奶奶，您老還認得出咱們吧？咱專程打高雄趕來給您拜壽啊。」

「……」奶奶正溜著不安寧的眼珠，正眼也沒瞧一下這個邁著大步闖進來的魁梧大漢。

「他就是接奶奶來台灣的徐伯伯。」爸爸很快露出感激的笑，向小龍子解釋。

「老奶奶，咱是徐如岡啊？大家都叫咱蠻子！」

「哦？頂哇子？什麼？頂哇子來了？」

「什麼？不是，咱就是帶著您翻山越嶺，拚著擠火車、擠輪船來台灣的徐如岡，您老不是常說蠻子啊——還要多久到台灣啊——」

「什麼？哈巴子？哈巴子也來了？」

「蠻子，勞您大駕跑一趟——」爸爸趨向前握住徐伯伯的手，他怕再糾纏下去會不可收拾了。

「什麼話，咱們親兄弟一樣，老奶奶也就是咱們老奶奶，想當年咱蠻子背著老奶奶打家鄉出來，過河卒子一樣，只曉得前進，老奶奶福星高照，咱蠻子就也託了老奶奶的福……」

「蠻子，每次想到您冒著生命危險救我娘出來，我就……」爸爸一時竟哽咽地說不下去，低著頭。

「唉，魯哥二、三十年來也總算盡了心意，看老奶奶活得這麼硬朗，咱只有羨慕的份，咱的爹娘在那邊也是凶多吉少。」

「一言難盡呀，蠻子，魯哥也有苦水吐不出來呢。」

「咦，那幅對聯好像是孫夫子的字，瘦得和他人一般。孫夫子今天也來了嗎？」

「蠻子，我孫夫子永遠要比你早到一步的！」一個銀絲皤皤的老人走上前，用手中的拐杖敲了徐伯伯肩膀一記，徐伯伯轉身哇哈一聲，伸出大手掌，緊緊抓著那老人瘦削的肩膀，像要弄散了他的骨架似的搖。

「蠻子，今天咱們三兄弟可是到齊啦，一定得醉他個不省人事。你瞧瞧大哥我這幅對聯，」孫伯伯捻著自己的銀鬚，朗朗地讀了起來：

「蔭滿蘐闈能詩能畫能文一門才子，花開壽域如皐如岡如陵三島仙齡。怎麼樣？寶刀未老吧？」

「哈哈，您老是水仙不開花——裝蒜，您老明知咱是個粗人，咱不懂得這套，可是您老卻把咱蠻子的小名給添在對聯上了——花開壽什麼，如什麼，如岡——如岡，您是開咱徐如岡一個小玩笑吧？哈哈。」

「如皐如岡如陵三島仙齡，唉，只有見了老奶奶，才覺得自己還不能算老。」孫伯伯揮了揮拐杖，頭上稀疏的銀髮和下巴沾著幾根銀絲都輕輕飄散開來。

客人陸續到齊，小龍子要奶奶起來，準備入席。可是奶奶似乎很洩氣地仰在沙發上，直通通地瞪著天花板的吊燈，不久她又扯著小龍子追問著：

「決定了沒有?你去問看看，不管誰抽中都好，反正我只能嫁一個。」

「奶奶，先吃飯再說吧，客人們肚子都餓癟了。」

媽媽和小春撐扶著奶奶入座，底下掀起了一片掌聲，喜氣洋洋的國樂一遍又一遍的流淌著，一對大紅燭的燭焰在壽台上微微搖曳。有五個蝙蝠圖案的霓虹燈閃著，映在老奶奶的寶藍絲綢褂上，這次奶奶出房門前，坐在梳妝台前化妝了好久。一邊化妝，一邊還喃喃地說著話，依稀聽到她喊著爺爺的名字，說她這次改嫁是不得已，是別人逼著她要結婚，請他務必原諒……。

同桌的親戚朋友都一齊舉高了酒杯，重複了那句話：

「老奶奶，恭喜，恭喜!」

爸爸連忙舉起小酒杯說：

「謝謝，今天真謝謝大家捧場。」

奶奶竟也笑吟吟羞答答地端起酒杯：

「多謝，多謝。」

這時拄拐杖的孫伯伯和自稱蠻子的徐伯伯一前一後端著酒杯過來了，老遠的，他們就異口同聲嚷了開來：

「老奶奶，咱們來給您敬酒囉——」

只是，奶奶已經放下酒杯，又開始如坐針氈地移動身子了，爸爸敏感地察覺了，慌忙替奶奶撈了一勺油炸腰果說：

「娘，吃——吃——點東西吧。」

小龍子想，爸爸真是聰明一世，糊塗一時，奶奶沒牙齒，用什麼去嚼腰果呢？

不知誰把國樂唱片音量又開大了些，夾雜划拳的吆喝聲，顯得更躁更雜，孫伯伯把酒杯高舉過頂說：

「老奶奶，您聽，現在放的國樂是『八仙慶壽』……」

奶奶沒抬頭，她的聽覺世界是寧靜的，感覺世界卻是繁雜的，她傻愣愣地看著腰果，爸爸用手肘碰碰她：

「娘，孫先生和徐先生來給您敬酒啦。」

「是啊，八仙慶壽，好兆頭，好兆頭。」徐伯伯先啜一口酒，也大聲附和著：「老奶奶，您可要活到一百零八歲哪！」

「所謂人有一慶，八方來賀啊，老奶奶，我孫夫子來給您拜壽，感觸很深，唉，來吧，乾杯！」

「謝謝，謝謝，我娘耳朵不太靈光，真對不起，對不起。我代她喝了這一杯。」爸爸迅速仰起脖子，空杯子一放——眼眶卻是紅紅的，還噙著一些亮亮的，在霓虹燈下閃著。

奶奶抬起頭，問爸爸：

「到底決定了沒有？婚禮都開始了，怎麼還沒來？」

爸爸裝著沒聽到，大聲對同桌的客人喊著：

「多用菜，多用菜，招待不周啊！」

「八仙慶壽」裡的鑼啊，鈸啊，敲得噹噹噹噹很響，把爸爸已經沙啞的聲音完全淹沒了。

壽堂桌上的那對大紅燭燒去了小半截，紅色的蠟燭油也逐漸堆砌起來，小龍子突然在心裡盤算著：這樣大的一個蠟燭要燒完，得花多少時間呢？也許客人散盡了，它還沒燒完呢。正想著，耳邊又都盈滿了「奶奶，真好福氣喲」的祝福聲。他想，或許奶奶真的可以活到像她身上那串珠子數目一般一百零八歲咧。

封殺

連著幾星期的久旱不雨，球場上的土乾裂著，草也焦萎著，有些細細的塵沙，讓人錯覺是大地烘烤出來的煙氣。

阿財拖曳著沉甸的步伐，略微不穩地跨向打擊區，彷彿手掌握著的不再是球棒，而是家裡秤豬仔用的大秤錘。比同齡少年高出一大截的他，在寬廣的棒球場相襯下，也萎縮得像一隻白底青斑的毛毛蟲。

看台上揮汗的球迷，似被炎陽炙燙了屁股，紛紛立了起來。更有那大嗓門的轉播記者，如癡如狂地在叫著。

「最後一局下半神鷹隊朱進財的打擊，目前比數三比二，紅蕃隊暫時領先。二出局，林金輝已攻佔三壘。如果強打者朱進財能給紅蕃隊致命的一擊，就大有反敗為勝的可能，否則——」

「阿財，看你的呀！」

「阿財，Home run。」

「阿財，給他們死！」

「朱進財身負重任，很有信心的踏上打擊區，教練不放心，又追出來面授機宜一番。」

阿財在打擊區站定後，深深地大吸一口熱氣。

炎陽炙烈地搧動著每個人似火的情緒。

投手聚精會神地看著捕手東摸西抓的手勢暗號，點點頭，卻又舉棋不定地斜瞟著在三壘躍躍欲飛的林金輝。

林金輝發出怪腔異調，離開了三壘壘包，耍猴戲般騷擾著投手。

長打，一定得長打。阿財全神貫注地瞪著投手彎藏在身後的手臂。狠狠的敲他一支全壘打，能不能當國手就在這一棒了。贏了才有去美國的機會。除了阿爸以外，家裡每個人都曾向他咂咂嘴說，不是講好玩的咧，人家大叔的兒子阿國仔就是在美國讀博士，賺美金，不是隨便講講好玩的咧，美國呢！

一棒定江山，一棒打到美國去。他扭了扭脖子，把手腕旋動了一下，擺出一副長打到美國的架勢。

「第一球，投出！朱進財揮棒——」

卡——熟悉而叫人心驚膽寒的清脆聲。

「一記左外野高飛球，飛得好高好高——」

觀眾像沸騰的水般嗞嗞叫了開來。

「哇——可惜是一支非常遠的界外球。」

啊——有人嘆氣，也有人鬆口氣。

猶如影片倒轉，阿財又被拉回了原位。阿財把溼漉的手掌在褲子上抹了一把，重拾球棒。

當投手向守備員喊叫之際，他鬆了一口氣，竟有一種如釋重負的奇異感覺：好在不是安打。只有阿爸不希望我擊出安打。阿爸和別人下了二十萬的賭注，賭紅蕃隊贏，如果剛才那一記是全壘打，阿爸的二十萬就要像被擊中的棒球一樣，飛啊飛的，飛到別人身上了。

「Home run！」

「Home run！」

阿財被這些亢奮的加油聲扭纏著，像自己家裡豬舍中總是漫天飛舞而又揮之不盡的蚊蠅。

輸吧！乾脆些，放棄打擊，三振出局。我們的確輸不起二十萬的。豬仔已被阿爸賣得沒剩幾隻了。

可是，能輸嗎？忍心看到領隊、教練、隊友、家人和鄉親父老那樣絕望的表情？

賽前，球隊住進那間窳陋的尼姑庵裡，每天清晨和黃昏，和著晨鐘暮鼓，領隊和教練輪番上陣的精神講話：

「我們苦練了這麼久，鄉里父老對我們抱著最高的希望，在大日頭底下，一球一球卡卡卡的敲，一球一球的糾正動作，為的是什麼？拿不到冠軍，誓不回家鄉！」

是的，卡卡卡卡，練習時失誤一球就要受一次罰，那樣嚴厲的訓練，輸了真沒價值。

前幾天，有個自稱姓洪的商人，千方百計找到尼姑庵來，送了一大簍無子西瓜，他說他和別人下了五十萬的賭注，賭神鷹隊贏，如果贏了，他保證抽出十萬元給神鷹隊添些棒球器具，給大家到美國買紀念品的經費。

「你們是夠窮了，」他向大家比手劃腳著：「窮到連住旅館都住不起，但是，各位小朋友，沒關係！只要贏球，贏了球，什麼問題都統統解決！」

講到「解決」時，右手一揮，擺出一個剖西瓜的動作。

是的，只要贏，大家贏球，可是真解決了嗎？像剖西瓜那樣容易？

第二球就要過來了，他感到手有些僵硬，剛才拭乾了的手掌心，怎又汩汩滲出汗水來？

來了，白色的一團，迅速在眼前放大。旋轉、放大、旋轉、放大，轉放成白濛濛一股渦流。

「揮棒——落空！two strike, one ball, two out。」

紅蕃隊球員在場中央囂嚷起來，再一支好球，就要結束這場爭霸賽。

三壘上的林金輝，既抓帽子，又跺腳，凶多吉少的局面。這一棒揮得太匆促，有些踉踉蹌蹌。他收回棒子，摸正甩歪了的頭盔，眩惑耀眼的陽光哪！美國也會這樣酷熱嗎？或許，該來一場滂沱大雨什麼的。

上個月阿國仔從美國寄回來給大叔的家書上說：

「這兒的留學生，不管學業或事業多順利，仍然免除不了那種無形的，被壓抑的苦悶，我們期待從家鄉來的棒球隊，打得那些番仔落花流水，無力招架。希望阿財也能到這裡揚眉吐氣一番，去年那次太過癮了，那怕是開兩天兩夜的車，冒著功課被當的危險，我一定要到現場去助陣。」

阿母聽到大叔給她念這一段，笑得合不攏嘴，口裡還嘮嘮叨叨個沒完：

「人家阿國仔念了十多年的書，念到近視眼八百度，念得彎腰駝背，才念到美國去！我們阿財只要好好打棒球，不也一樣去美國嗎？」

阿母完全不知道阿爸和別人賭二十萬的事。

那天夜裡，門口的黑狗兄吠了幾聲後，他就被人從睡夢中撼起，迎著一股濃濁難聞的酒味，阿爸的臉扭歪得像挨了刀子的豬仔。他把阿財拖到門邊，門沒閂好，一把把冷瑟瑟的夜風灌入他單薄的汗衫裡。阿爸口齒不清的訴說著：

「和我相賭的是白毛介紹的一個外地人，他不知道我豬公的兒子就是神鷹隊最勇的。只要你聽你爸的話，決賽時失常，隨便被封殺或接殺，你爸這二十萬就贏了一大半了。你爸最近也有夠霉運，又輸了白毛十萬元，無錢可還，這一招還是白毛教我的——嘿嘿，阿財，你爸給你取這名字，就是要招財進寶的，我豬公這一輩子人就沒好運過，愛國獎券連一百元也沒中過。幹——你這次別辜負你爸……。」

他恨透了別人喊阿爸叫「豬公」，阿爸是豬公，他們幾個小孩不都是豬子豬孫了？幹——

阿爸不賭錢，姊姊阿錦也不會送給那個萬惡不赦的白毛，也不可能會那樣慘死在火車輪下，那年她才十一歲。

「各位觀眾，這是緊張的一刻，我們可以看出朱進財已有了急躁、不耐煩的表情。現在投手把球高高的舉起——投出！」

阿財視而不見，只愣愣的，像田梗上斜插著沒生命的稻草人，卻也沒像王貞治那樣蹺起一隻金雞獨立的腿，幾隻零星的麻雀從他頭盔上掠過，像掠過一塊寧靜的田畝，稻草人動也沒動一下。

「太偏左下角的壞球，投手開始吊他的胃口了。兩好，一壞，二出局……」

如果不送給白毛，阿錦就不會死的，在被壓得稀爛的小屍體邊，阿母鬼哭神號，呼天搶地了一陣，一直怨嘆著阿爸：

「是報應啊，歹命的阿錦，自己生的孩子自己要飼養啊！夭壽的死豬公，再賭下去，把老婆兒子全都要輸給別人了。」

他們都說白毛專門幹一些下流的勾當，利用賭博別人輸了賠不起，不知騙來多少小女孩，只要長大了一點點，就往那種骯髒的地方送。

也許阿錦死了會更好，不用受那種皮肉的凌虐。幹——有一天長大了，長得夠勇壯了，就要把白毛宰掉，像宰豬仔一般，讓他張開血盆大口，吐出來的不再是暗紅色的檳榔汁，而是豬仔被刺穿的內臟所噴出來的那種鮮鮮熱熱的血液！

幹——打一個全壘打，讓阿爸去輸二十萬，去霉運吧！讓他們都笑不出來！他渾身血液湧竄，狠狠抓緊球棒，凶惡地瞪著投手，幹——給你們好看……。

球又飄過來了，速度很慢，一直在旋，旋得他眼花撩亂，一支變化球，略飄向右下角……。

狠狠的敲出去吧，一支全壘打，給他們死！

「噢——一支變化球，變化太大，偏了右邊，壞球！呼——好險，好險，朱進財已扭動身子要揮棒，臨時又迅速收回來，顯然，他有些沉不住氣了……。」

投手突然把球傳到三壘，林金輝連滾帶爬的踩回了壘包，滑稽的動作引來一些笑聲，只是笑聲很短暫，一下就又沖淡了。

球場上空有一群鴿子飛過，太陽當頭晒著，沒有太多人去仰頭看。或許，真該下些雨的。教練又在場外嘶吼了幾聲，阿財心神不寧的回頭，沒搞清楚教練在喊什麼，又恍惚之間聽到過去白毛來家裡索賭債時，口嚼檳榔，那種沉濁又目中無人的吼叫：

「豬公死到那裡去了？想不還錢哪？」

沒有白毛，阿錦也不會死的。

在阿錦死後約有一年，某天夜裡，一家人都沒睡，只有阿爸又在外面賭博，說是要贏一點錢給孩子繳學費。突然一個很重的撞門聲，阿爸踉踉蹌蹌地跌進來，兀自狼狽地衝入廚房，拿起半瓶老米酒堵在口裡猛灌，臉色泛青、變白，又一陣紅，眼珠子朝上翻，眼白像龍眼肉般掉出來。兩片泛紫的嘴唇一張一翕，發出規律的唇音：

惡卜、惡卜、惡卜、惡卜……。

好似被一股鬼魅般的巨大力量震撼著，渾身哆嗦不止，依稀還可聽聞他說：

「阿錦，莫害我！阿錦，莫害我！」

阿爸眼皮像被拉傀儡的細線吊著，不停翻掀。阿母反而很鎮定地說，阿爸被鬼附身了。他叫阿財兄弟把茶几搬到庭院，擺了香爐，三個人合力把阿爸拖到茶几前，要他跪下去猛叩頭。

阿母拿了好幾疊冥紙在臉盆裡燒了起來，點了幾柱香，拜了又拜，口裡咕嚕咕嚕地念著：

「阿錦，我們燒錢供你買一些新衫褲，買一些好吃的，求求你，放了阿爸……。」

冷颼颼的風，把盆裡的冥幣灰，颳得漫天飛舞，一些未熄的火星，鬼火般到處閃爍著。黑狗兄也冷縮在角落裡乾吠了幾聲，更襯著一個陰森慘澹的無眠夜。

等那些黑灰飄灑沉落時，天色也漸亮了。阿爸在疲憊不堪中甦醒，說他在平交道上，的確看到阿錦呆坐在小屍體曾躺過的位置上嚶嚶哭泣，怪阿爸拋棄她。

真會是阿錦早夭的小冤魂嗎？

這一次遠征，球隊住進尼姑庵後，他常在黑濛濛的集骨塔旁徘徊，整晚都被那種恐懼的記憶纏迴著。冷不防抬頭，那些輕悄悄俯首而過的尼姑，影子飄然的映在紙糊的窗框上，都那樣令他股慄不止，以為又是阿錦出現了。

見了阿爸那次狼狽的模樣，那種難受至今仍深深地窩藏著，可憐的阿爸，戒不掉賭，就成了白毛的奴隸。

放棄打擊吧！為了阿爸，為了我們的二十萬，只要一記投手前的滾地球，讓他們封殺在一壘，輕而易舉的動作。

「各位觀眾，鹿死誰手就要揭曉了，三比二，紅蕃隊領先……。」

似乎可揣想阿爸必然擠在球場的某一個角落，像瘋人般狂喊著。蓬鬆著久未梳理的髒髮，鼓凸著龍眼核般的深黑眼珠，伸長了抖索的肥手，渴求著就要到手的二十萬。當一次孝子吧！只要揮棒落空，或打一個不遠的球，阿爸就會抱著那一疊疊鈔票手舞足蹈，好久不見他那愁苦的臉上綻出笑意了。

阿財手一軟，竟垂下了球棒……。

投手在手套裡抓弄著棒球，眼睛溜呀溜的轉不停。

一些濃厚的雲層飄過天空，龐大的雲影從上而下，壓滿整個球場，每個人的身軀或臉龐多少都染上一些陰翳，也許是一場大雨的好兆頭呢？該下雨了。

一張張期盼、焦慮、渴望的臉，在他眼前像素描般迅速被勾勒了出來：教練的、領隊的、隊友的、阿母的、阿國仔、鄰居的，他們一個個咧大了嘴巴，吶喊著：

一定要贏哪！非贏不可喲！不贏不要回家鄉！

在雲影的罩壓下，他感到一種搖搖欲墜的昏眩和淒楚。

阿財加油。阿財加油。Home run, Home run 到美國揚眉吐氣！美國也會乾旱好幾星期嗎？

是要到美國去的，回來後給阿母帶些美國衫褲，給妹妹帶會講話的娃娃，給阿——阿爸帶些他舔也沒舔過的美國香檳，洪先生說的，只要贏球，贏了球，似剖西瓜一樣，什麼問題都迎刃而解。

球棒又從他冒汗的手中緩緩升起、升起、升過了頭頂。

投手又投出了第三支壞球，球太低，砸在地上，捕手挺出胸脯去擋住反彈球，像一顆沒炸開的手榴彈，只捲起一圈圈塵土……。

「二好三壞滿球數。最後一球，決定勝負的一球！各位——各位——」轉播員沙啞的嗓音，已不敷表達他想要製造的緊張氣氛，只彷彿第一個昏倒在地的，便會是他自己。

太陽這時挑開了層層雲堆，天際又抹上一層亮光蠟。

一些些黃土在鬱燥的熱氣中，不安地浮游著。

看台上，外野草地的斜坡上，萬頭騷竄了好一陣子，倏然出奇的靜默起來。

一切靜得好離奇。似曾相識的鴿群，又啪——啪——啪——啪的從上空飛過。那樣不甘寂寞的啪、啪、啪、啪。

打擊者與投手四目眨也沒眨，眈眈地對上了。騰騰殺氣凝滯在彼此的眈眈裡。

阿財腦子一片白漠漠地，唯一想到的是調勻一下呼吸——心已升到喉頭。

投手把球高舉過頭，頓了一下。

一切都因等待而出奇的靜穆著，除了投手很誇張的抬起了左腳。

瞬霎間，一道筆直的白蛇，從投手手掌閃電似迅捷地向打擊者面前飛延過來……。

阿財狠狠一咬下唇，狠狠的，不留情的，揮棒！

卡——

球被擊中，飛向左外野。

全場觀眾的情緒被自己的吼叫淹沒，過了警戒線，一發不可收拾。

啊——每個人都張大了足可投進一個棒球的嘴。

啊——

阿財像甩掉一個燙手的山芋般甩開球棒，向一壘拔足狂奔。

阿——阿爸，阿爸的二十萬！就讓我跌倒，被封殺在一壘前吧！

跑哇——衝哇——全場嘩嘩地嚷著。

要贏，一定要贏，要過關斬將，我不能死……。

飛登上了一壘後，他馬不停蹄的往二壘方向奔竄。

「這是一支極漂亮的安打，打到全壘打的圍牆上彈了好遠，落點太好，林金輝已平安返回本壘，三比三，現在朱進財也順利攻佔二壘……。」

阿爸，對不起你了，我不能死，我要贏、要贏，奔哪，奔哪，奔哪，狂奔不止不歇……。

「唉呀！他不該再離開二壘的，太冒險了，這是相當反常的，他不顧一切又往三壘衝，好像煞不住車。現在左外野手一個翻身抓到了球，長傳三壘——」

遙遠的美國，阿國仔，你就要看到我阿財遠征到那個陌生的地方替咱們中國人揚眉吐氣了。阿財就要橫掃千軍了！

哦！阿爸，可憐的阿爸，二十萬哪！你賠不起的。喔——讓我被封殺在三壘前吧！阿爸，不要怪阿財，我會是一個孝順的好孩子……。

「各位，朱進財往三壘跑是送死，是完完全全錯誤的，啊——三壘手漏接，漏接，他又繼續向本壘狂奔——」

瘋狂的群眾喊叫聲，已將擁擠的看台喧炸得粉碎，就像阿財狂奔踩過的深深腳印四周所踢揚起的滾滾塵沙，細細碎碎的飄降下落。

啊——啊——阿財加油！

教練、領隊、隊友們都摘下了帽子，猛烈的揮動。

每個人都這樣青筋浮凸、瞋目齜牙地：

跑啊！跑啊！

他被這些聲浪擁著向前奔。

焦急的投手已靜候在本壘，協助捕手圍殺正奔向歸途的打擊者。

「朱進財向本壘跑是錯誤的，三壘已夠僥倖，簡直瘋了，他好像完全失去控制，喪失了理智，沒有判斷能力了，現在——」

三壘手撲出去，撿回了漏接的球，匆忙的擲向本壘。

阿爸，阿爸，我終於要死在本壘了。

阿爸，我已經不行了，我不會再得分了，啊——

眼前已呈整片灰灰濛濛的景象。在本壘守候著他的投手和捕手，在他濡濡汗水浸溼的眼瞳所映出的，像是城隍廟裡長廊盡頭的牛頭馬面，張牙舞爪地在招魂。

他有了一步步奔向死亡的恐懼，像看到阿錦那不成人形的瘦削屍體。全身發麻，就要跑不完全程了。

往回跑吧？往回跑吧！

那種回頭的意念只在腦中稍縱即逝……回頭跑也是死路一條。所有的人都在封鎖他、圍殺他，包括教練、領隊和隊友們。

阿爸，阿爸救我，喔——阿爸……。

牛頭馬面——招財進寶——二十萬——揚眉吐氣——

在本壘前三、四步之外，他別無選擇地猛然低身，低斜得像一隻降落的白鷺，滑向本壘板。

在這一滑間，捕手接到了三壘手的球，往阿財身上一擋，主審裁判手向外指，很肯定而無情的吼了一聲。

「封殺！各位觀眾，朱進財終於被封殺在本壘板上，他不該心存僥倖——。」

他全身仆倒在地，抽搐的面頰緊貼在冷冰的本壘板上，癱軟的手伸展出去，想確實抓住一把沙子，甚至幾根青草；但是卻虛弱得要脫胎換骨似的，像一隻被遺棄在泥地上滾翻掙扎的泥鰍。

教練與領隊跺著腳，對失望的隊友說：

不該跑回來的。

觀眾席間唏噓聲迴盪穿梭著：

真可惜！真可惜呢！

太陽益形焦烈了，一圈圈要溶了似的，把雲絮耀成一片片反光板。

啪噠，啪噠，啪噠，一隻深藍色的鳥，鼓著長長的翼，從球場飛躲入有遮蓋的看台。

提著急救箱的醫護人員匆匆走向本壘板。

只能聽到那極想再亢奮的聲音，卻呆板而無力地播報著：

「現在比賽將要無限制的延長下去，直到有一方先得分……」

下午的風，仍然無影無蹤，而喧嘩聲也開始少了些。

或許，真該降下來一些雨水的。

藍哥的鷹勾鼻

外頭有繚浮著的白煙，卻沒人去注意是否因久雨而生的寒氣，因為學生們都全神貫注著，像等待著一件稀奇古怪的事就要發生。

就這樣出奇的肅靜著。除了一些仍然朝講台斷斷續續簇擠的窸窣腳步聲外，大家都被勉強壓制住那聲快溢出喉頭的驚嘆；可是從他們過分緊抿著的嘴角間，仍掩藏不了內心的渴盼與好奇，藍教授濁渾的鄉音，在這神奇的時刻，恍若來自未知世界幽靈般的召喚。鬆一陣緊一陣的流留迴蕩在階梯式的綜二大教室裡，在每個學生耳殼裡，擺晃出夢魘似的共鳴：

忘掉一切苦悶和憂愁，年輕的朋友，放輕鬆點，對了，再輕鬆一點，對——什麼都不要想，忘掉一切，啊——人生苦短，苦短的人生，何必想得太多呢？忘掉一切，在這一刻，我將引領你們飛渡另一個奇妙的世界。現在，你的眼睛一定睜不開了，一定，一定睜不開了。當我摸你頭時，你試試看，你一定睜不開了，一定……。

五個志願接受催眠的學生，緊閉著眼睛，那樣慎重其事一個挨一個地端坐著，他們舉手投足都已經成為三、四百對眼睛的焦點，當教授一一撫著他們頭時，他們像陷在迷魂陣裡，沒一個能睜開眼睛——而前後才只三分鐘左右，旁觀的同學紛紛交換了欽羨的眼神，更有人用手壓回了突然冒出口外的驚叫。

教授像一個懂符咒的巫師，繼續施展他蠱惑人的魔法，把腔調顫化在僵凝的氣流中：

你們的腿好重好重，有千斤重，抬不起來囉——抬不起來囉，因為你們都睡了，睡了，睡得又甜又香，抬不起來了，都睡死了……。

五個被試者都有了晃晃悠悠的表情，其中一個女孩完全崩潰地伏在桌面上，深深入了夢境，其他四個人，也都有微微朝前傾的趨向，彷彿隨時都有伏下去的危機。

真是名不虛傳哪——大家都這樣低聲讚嘆著。圍觀的學生漸漸有了滿足感。幾天前就聽說學校要邀請一位醫學院的催眠專家來給心理系同學講四小時的課，並且當眾示範，大夥都半信半疑——在舞台上見到的那種魔術，不都是一唱一和的騙人玩意嗎？有人要現身說法，他們都恨不得自己是被試者，也是那種一定要親眼見到了鬼魂，才能信這世上真有鬼魂式的「科學求證」。

剛才藍教授整整講了三個多小時的課，一連串枯燥的專有名詞，什麼 prestige, hallucination, amnesia……除了心理系的同學當成上課筆記抄外，一些純粹想來看熱鬧的外系學生，不少人已不催自眠的打起盹來，更有人沉不住氣的悁躁著：八成是唬人的，到時候說時間不夠，不能表演，我們才知道上當了！

而藍教授也一再賣著關子，拖延著不肯表演，只重複解釋著什麼是被催眠後的感覺；什麼像談戀愛中的昏迷啦、像作白日夢的渾渾然啦、像在快要睡著之前的那一段囈語啦……，說儘管說，不當場示範，沒人會相信的，就是那種知識份子的頑固，或愚昧。可是當藍教授表演完簡單的身體傾斜試驗和手臂飄浮試驗之後，同學開始相信真有這麼回事了。而此刻正是進入最高潮的誘導深入催眠術——在外科手術時，可用來取代麻醉劑的效用。

見到自己同班同學被催得愣頭愣腦愚愚懵懵，一方面驚訝催眠術的效力，另一方面也忍不住叫人想笑，幾次大家都要笑出聲來，都被藍教授用手勢壓制住了。外來的笑聲會影響催眠的進行，而且對於這門學科是一種不敬——這是剛才上課時，藍教授一再強調的。圍觀的同學只得又嚥回了笑聲。

藍教授是個風趣的長者，他一邊進行催眠術，一邊向圍觀的同學微笑，彷彿正做著一件輕而易舉的事，他輕易地駕馭著這五個年輕被試者的情緒與知覺，他要旁觀的同學用髮夾去刺那五位已進入催眠狀態同學的手臂。他口中喃喃地念著：

「一點都不痛，麻麻的，好舒服的，好舒服喲，一點也不痛，不痛……」

五位被刺的同學，仍陷在昏迷中，那一點也沒知覺的茫然表情叫人見了也不免有幾分悚怕。

快是中午時分，天空不再灰霾霾的，乍然開朗起來，熠熠陽光隱隱透過窗子，穿過圍觀人群的背脊，從夾縫中，閃過藍教授微白的髮梢，最後停佇在五個被試者的臉上：在一男四女中，那個早已伏在桌上的女孩叫「泥鰍」，平時就愛「蹺課」，今天聽說有催眠術，特地坐在第一排，結果才催了三分鐘就睡了，許多人忍不住在竊笑她，另外三個女孩，一個叫小驢，一個是胖胖，另一個是甲班的班代表阿圓，這也是個陰盛陽衰的系，最靠右邊的唯一男生，大夥叫他藍哥，因為那陣子班上男男女女都穿藍哥的牛仔裝，而藍哥又姓藍，更巧的是，他長得也有幾分像藍教授。尤其是他的鷹勾鼻，那樣挺拔而有曲線，如同利刃在蠟上割一刀所露出的光滑平面。

雨後溫度回升得很快，圍觀的同學已經有人開始卸去外套了，藍教授也掏出了手帕在光亮的額上，揩出一條條深凹的皺紋，然而他深深誘人的聲音卻不因這個動作而間歇，反而還高亢了起來：「中午囉，中午囉，你們一定肚子餓了，一定餓了，你看，你們面前擺了一道好好吃的東西，你可以盡情的享受，你可以全部吃完，嘴巴開始動，開始動，慢慢嚼、細細咬……嗯……對……。」

貪吃的胖胖，首先發難，開始蠕動嘴唇，雖然緊閉著眼睛，口卻機械式的游動了起來，彷彿真的在享受什麼山珍海味。接著是小驢、阿圓、藍哥，連趴著的泥鰍也肩膀聳動了起來，圍觀的同學都慌忙掩住了嘴，怕笑溜了口。

「年輕人哪，盡情享用吧，這是你們最愛吃的，當我摸你的耳朵時，請你告訴我，你在吃什麼？」

藍教授像哄小孩一般哄著他們，然後一個摸一個地摸著他們的耳朵，他們果真含含糊糊地回答了起來。

「紅燒——鯉——魚——」阿圓嚼得津津有味。

「石——石頭火——鍋。」小驢正陶醉在「其中」。

旁邊幾個女孩子終於「噗哧」一聲笑了出來，或許是她們前幾天才湊足了錢去吃了一頓石頭火鍋吧。

輪到胖胖時，她先是考慮了一下，終於一個字一個字吐出來：

「十色大——大拼盤。」

看胖胖說話時專心一意的模樣，大夥再也忍不住的爆笑出來。一陣嘩笑在綜二教室震盪開來，連藍教授本身也忍不住笑了，不過他還是「噓」了一聲，要大夥安靜，別把五個被試者驚醒了。不等大夥笑聲歸為平靜，他又喋喋地催了下去：

「吃飽了，你們吃飽了，現在放輕鬆些，我帶你們去一個世外桃源，哦，好美好美，好美好美喲，看到了沒有，是的，你們一定看到了，好美好美……。」

藍教授一一摸他們的頭，阿圓臉上呈現出一片迷濛之色說：

「野——柳。」

小驢很肯定地說出了她所看到的風景。

「防風林。」

胖胖卻茫然地說：

「不知道什麼地方。」

「哦——那一定真的是世外桃源了。這位同學來到了人間仙境，是她從來沒有到過的地方。」藍教授半真半假地解釋著。

底下的同學又想笑了，彷彿胖胖的一舉一動在他們班上都很逗趣。

問到藍哥時，藍哥的回答給大家一個驚訝，他說：

「我……我看到……看到了爸……爸。」

底下起了一陣小小的騷動，一些人交頭接耳起來。

這句似是而非的答案，卻引發了藍教授的好奇，他走近了正在催眠狀態的藍哥：

「啊，這位同學一定是個孝順的孩子，他竟認為父親比其他風景都好看……」

這回底下沒有人能笑了——彷彿被這情境給帶入一種淡淡的感傷。原來據他們瞭解藍哥從小一直與母親相依為命，他的父親在中國有史以來最大的一次浩劫中逃難而和他們走散了，將近三十年的歲月，不知他流落何方，藍哥的年齡比同班同學都大上十歲，是服完兵役後，工作了一段日子才重考大學的，所以在班上他以老大哥自居，平時人很達觀，只是一提起他那失散了三十年的父親，他就顯得落落寡歡了。

藍教授催眠的聲音停頓了幾秒鐘，三、四百個學生也突然彆住了氣，事情似乎有了什麼變化：藍教授兩眼盯著藍哥，似乎努力想在他臉上尋覓些什麼，當他們臉龐那樣接近時，同學們再一次感到他們兩人的鷹勾鼻真像，甚至連眼睛嘴巴與神情……。

繼續緘默了一陣子，藍教授恍恍惚惚地又拉回了剛才的笑容，瞄了一下花邊眼鏡框，開始他未完成的工作：

「年輕的朋友，我再帶你們去一個地方，那裡有垂柳，有輕輕的風，有小河淌水，小河的水好清澈好清澈，有金色的小魚悠哉悠哉的游，小河的水慢慢的流，小魚也慢慢的游，好奇怪喲，河水怎麼倒著流，倒著流，倒著流，小魚也倒著游，倒著游，時光也倒流，時光也倒流，現在你們回到了小學，現在你們都小學畢業了，恭喜你們，小弟弟、小妹妹。」

氣氛又輕鬆了起來，藍教授摸摸小驢的頭：

「小妹妹，恭喜你，小學畢業了，你告訴我，你念什麼學校？」

「國語實小！」小驢很清晰的回答。

「要不要繼續升學？」

小驢點了點頭。

「好乖，知道上進，也知道用功。」

用同樣的問題，問到藍哥時，藍哥的回答竟是：

「不要——我不要念書，我想工作。」

氣氛又凝重了，藍教授用手去摸藍哥的頭，那伸出去的手，因顫抖而益顯青筋暴露，大家都不明白藍教授為什麼變成這種不穩定的狀態：

「這位小弟弟，為什麼不想念初中呢？我摸你的頭，你就告訴我。」

「媽——媽一個人賺錢很——很苦，身體不——不好。」

陽光在玻璃窗上耀眼地閃著，教室外頭可能又更炙人了，不然教授的額角怎麼滲出了細細亮亮的汗珠？那些已飢腸轆轆的同學似乎都忘了該是吃中飯的時候，人人像著了道似的，尤其是藍哥的這些令人心弦悸動的回答。

「小弟弟真懂事，小弟弟我摸你的頭，你就把你的名字寫在白紙上。」

教授輕輕把藍哥的手提起來，把一枝鉛筆放在他手中，再放到一張預備好的白紙上，藍哥很神奇地在上面歪歪斜斜的寫了三個字，竟是小學時代的稚嫩筆跡：

「藍多聞」。

「哦，藍——多——聞？」教授小心翼翼地念著三個字，才念完，就瞠目結舌，驟然色變，似乎一時忘了他現在的任務身分，一逕呆在那兒，瞪著藍哥。

同學之間竊竊私語，也弄不清到底發生了什麼事，只見藍教授瘦癯的面容完全走了樣，失去了剛才煥發的容光和一直保持著的那種肯定的微笑。他的唇角抽搐了幾下，臉皮就都皺成了一堆，鷹勾鼻更凸了出來。陽光從他半邊臉挪移開，一下子就浸染在陰霾裡了；他似乎顯得有點不知所措，良久良久，才恢復了原狀，仍依稀有些恍惚。

「小弟弟，好——好乖，你和我同姓，告訴我，媽媽叫什麼名字？我摸你頭，你就寫——」

教授迫不及待地觸碰了藍哥的頭，藍哥又用小孩字體寫著：

「董淑華」。

「啊——」教授張大了嘴，看了歪歪斜斜那「董淑華」三個字以後就直突突地瞪著陷在催眠狀態中的藍哥，彷彿想看穿他什麼，一逕癡傻地望著他，望著他。

教授的眼眶中有了奇妙的變化，像有什麼憂患在那瞬間如流星般，很快又殞滅了。他用力閉了閉眼睛——企圖改變些什麼，於是睜開時眼睛又微笑了起來，只是這種笑是擠壓而職業性的。

「小弟弟好乖，好乖，現在河水又順著流，魚也順著游，時光又回到了現在，藍同學，恭喜你，你現在已經是國立大學心理系的高材生了，你高不高興？」

藍哥點著頭時還羞怯地笑著，教授的鄉音不平穩地起伏著，顯然他已不太能控馭自己的情緒，莫非他催眠太久，連自己也陷入迷糊狀態了——同學們相互臆測著。

「畢了業，你最大的願望是什麼？我摸你的頭，請你寫在紙條上。」

藍哥似乎遲疑了好一陣子，然後寫了幾個字，字體已經恢復了如今的工整和成熟。

「找到爸爸」。

後排的同學好奇地向前探頭想知道他寫了什麼，前排同學便爭相用壓低的嗓門向後傳著：

「找到爸爸，找到爸爸，找到爸爸——」

一時間，這四個字就在同學的口中傳著，低低沉沉的像在念著符咒，誦著經……。

教授果真忘了他正表演催眠，更忘了其他一旁的被試者，因為他正集中焦點在這個叫「藍多聞」的學生身上，他又問了他的興趣，藍哥在紙上寫了「國文」

兩個字，教授便和他聊起了詩詞歌賦。

「十年蹤跡走紅塵，回首青山入夢頻——怎麼樣？欣不欣賞這種詩句？」教授吟哦了兩句，摸摸藍哥的頭。

「普通而已。」藍哥挪動一下嘴唇，似乎很「權威」的口吻。

「那麼我再念幾句蘇東坡的，你瞧瞧如何：寂寂東坡一病翁，白須蕭散滿霜風，小兒誤喜朱顏在，一笑那知是酒紅。」教授心血來潮，這些句子便朗朗上了口。

「嗯——不太喜歡。」藍哥輕輕搖著頭。

「喔——或許藍同學年紀尚輕，不愛這一些，好吧，我再念幾句：四十年來家國，三千里地山河，鳳闕龍樓連霄漢，玉樹瓊枝作煙羅，幾曾識干戈？這是李後主的名句，這回怎麼樣，藍同學？」

大家都注意著藍哥的反應，他成了這次催眠試驗的主角了。他輕輕擺晃了一下，教授又摸摸他的頭：

「怎麼樣，告訴我，你喜不喜歡這幾句？」

「太……太……太棒了。」藍哥終於擠出這句話，大夥如釋重負。

「真看不出藍哥竟是『要求過苛』的詩詞鑑賞家。」一個同學如此說，然後大家也笑開了，只有教授表情仍然是沉滯木然的。似乎縈繞在他剛剛念的詞句領域中出不來了。

大概教授覺悟到自己的失態，他很迅速地又回復了原來「催眠專家」的姿態，開始走到五個被試者中間，有意迴避不看藍哥，那種神情像是站在測謊機前而有些心虛的罪犯。他好像要結束了：

「好好享受人生吧，年輕的朋友，你們真是幸福的一代，你們真的是幾曾識干戈？幾曾識哀愁？現在你們一定感到飄飄然，好舒服好舒服，你們都有遠大的前程，無憂無慮的享用人生吧，你們太幸福，永遠不知道什麼是妻離子散，家破人亡，你們也不懂戰爭的殘酷，命運捉弄人，唉，該醒來了，年輕的朋友，當我摸著你們的頭時，你們睜開眼，你們睜開眼，你們一定睜得開，你們會覺得渾身軟綿綿的，我摸摸你們的頭，你們就醒了。」

教授一一摸了五個被試者的頭，他枯槁而血管浮凸的手像點土成金的魔杖，不一會兒，阿圓、小驢、胖胖、藍哥都緩緩睜開了眼睛，連趴著的泥鰍也像睡足了的貓似的，伸了伸腰，全場掌聲雷動——夾著叫好聲，為教授這場精彩的示範喝彩。

教授揚了揚手，顯得異常疲憊困倦。他應該來個結論什麼的，可是看他結結巴巴，開啟了幾次嘴唇，都沒能吐出一個字來。他就只掀了掀嘴角——算是笑吧？然後拿起桌上的呢帽和拐杖，蹭蹭蹬蹬地走向門外，幾個意猶未盡的學生還追著他，向他提出一些問題，他有些心不在焉地支吾一下，卻一逕看著腕錶說：

「我得趕回宿舍去了，對不起，今天我的幾個兒子、媳婦和小孫兒要來家裡玩，我太太一個人忙不過來……。下次有機會再談吧——」

「怕再也沒機會啦。」一個學生笑著大喊。

同學們目送藍教授滯緩蹣跚地離去，又轉身包圍藍哥：

「被催眠是什麼滋味？有沒有知覺？」

「啊——好像很清楚的知道每件事、每句話，可是就是睜不開眼——只是，我有點奇怪，為什麼他問我母親的名字，他好像熟悉我……。」

「我看哪——八成因為你也有個和他一樣的鷹勾鼻。」

「哈哈。」同學們都笑了。

「快餓癟啦，到餐廳吃飯吧。」胖胖首先大喊了起來。

「你剛才已經吃到了十色大拼盤，還餓啊？」

「去你的，有吃沒有到，胃還是飢渴的大囊袋呢。」

年輕的學生紛亂地收拾著桌上的洋裝書和筆記本，又簇擁著奔向了餐廳，像剛才簇擁著藍教授一樣，他們總是愛這樣一窩蜂的簇擁著——像逃難似的。

最後偌大的綜二教室，只剩下藍哥一個人，他反覆摸著自己的鼻子，彷彿有件事老想不通，梗在心裡，難受得很。

吃飯去吧，藍教授剛剛說過，「人生苦短」，何必多想呢？反正也想不通——藍哥聳聳肩，自言自語地：快快去吃中飯吧，下星期又要期末考了，辛辛苦苦念上大學，不要辜負了那守了半輩子活寡的老媽媽才好。

藍哥夾著書輕快的跳下了石階，陽光飄浮在他年輕的臉上，高挺的鼻梁油油亮亮地，益發覺得英氣勃勃。

揚帆・蝦米一號！

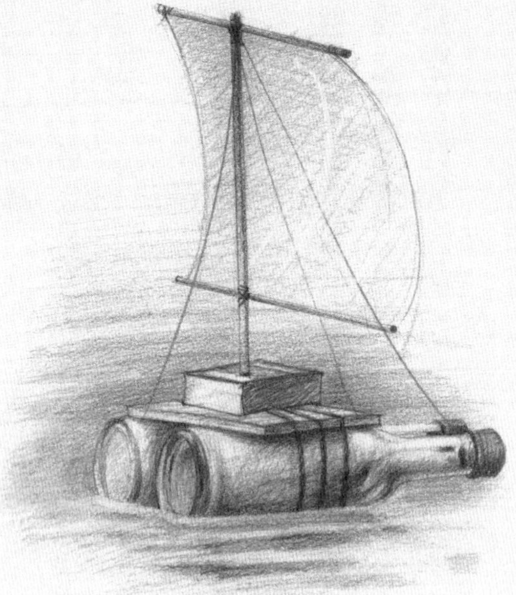

一、印象之一

起初姚莉都沒太注意那個定期來家裡打蠟的小伙子，只覺他黑黝黝挺紮實的，卻又不完全像是幹粗活的漢子，那些勞力多於勞心的人，怎會那樣糾結著鬱鬱的眉，鎖著一張臉，像鎖著一間囚室。

有一天，他終於說話了。

「喂，」他停止了隆隆的馬達聲，仰著臉：「你的小提琴聲干擾了我打蠟的工作。」

接近黃昏時辰，晶亮澄紅的霞光是他握著打蠟機的臂膀的膚色，汗水順著霞光的姿勢慢慢滴滑而下，落在滿是蠟油味的羅馬彩色地磚上，華麗的水晶吊燈在微風中輕款款地搖曳生姿。姚莉無法看清對方的臉廓，她友善的停止練習，問他：

「這是你的職業嗎？打蠟的。」

「我已經打了第三家了，很累，給杯水喝好不好？」

年輕人頭偏了一下，霞光映上他半張臉，竟是面有清晰線條的山稜，韻致天成。

姚莉到冰箱取了罐葡萄汁，見他接過去，一把扯掉封口，看了看，撇撇嘴：

「連飲料都西化了？」

西化？姚莉很訝異從他口中抖出這樣的字眼，同時也不悅於他的矯情：

「西化的東西，你還喝幹嘛？」

他一口氣將葡萄汁傾入喉管後，用袖子揩了下沾在下巴的殘汁，語不驚人死不休地又冒出了一句回答：

「就像你寧願聽史特拉汶斯基的『火鳥』，或者巴托克的『稻草人王子』，而不屑忍受流行歌曲的疲勞轟炸是同樣道理。」

當姚莉還想再深入時，打蠟機又轟隆隆地響起來了。

臨走前，姚莉照媽媽交代的錢付給對方，他接過鈔票後就擠入牛仔褲寫著英文商標的後口袋內，調頭便走。

「你叫什麼名字？」姚莉好奇的問著他的背影。

「打蠟的。」背影回答，充滿了驕傲。

暮色已垂，姚莉握著小提琴匆匆上樓，踩踏著一層層階梯，她依然沒弄懂那年輕人的邏輯，史特拉汶斯基和飲料西化有何相干？小提琴聲音又如何干擾打蠟？扞格不入的觀念和錯誤的邏輯——姚莉嘀咕著，差點踩空了一腳，扶住木把，才免於滾落樓底的荒謬。

如果跌下去傷了腦細胞，天才變白痴，這趟美國之行也要泡湯啦。姚莉甩甩頭：有機會要深入那個打蠟的小伙子，別給他唬到了，我是天才呢。

二、夢魘之一

他孤立在荒蕪乾硬的土質上，依稀目視了翻浪聲，聽聞了海的鹹腥，嗅覺到海岸線，在昏幽恍惚的情景中，因感覺的迷亂，他已力不從心。海水在他身後迅疾消退——消退——消退——而後涸竭成一地無止境的乾旱，一片連綿的陸地。他赤足踩在堅硬的地層上狂奔，奔濺在汩汩的熱血漿裡染紅了一雙稚嫩的腳掌。

這綠灰暗藍的大地，是童年夢繫的家鄉啊？有誰在這兒掙鬥過？殺伐過？呼號過？

尋不到清水滌足了，他五臟六腑悸跳如瀕死的青蛙，那童年唯一可凌虐的小動物，此時猛烈撞擊著他，他越陷越深，腳掌被黏滯的血吸著，沉重如萬噸爛泥，拔不出來了。

海，距他已渺遠如仙境般難尋了。

他尖聲嘶喊，一如他童年恣意處死一隻青蛙時，青蛙無告的哀鳴，他乾渴燥悶地喘著，如同他幼時隨手丟置於沙地上的鯧魚，失水而無聲地張合著嘴，他冀盼這陸地尚有人煙，或是一帶叢林，有獵人出來搭救他。

他覺察自己的污穢與進退兩難，他繼續掙扎著，他四肢如瀕死的蛙，口如失水的魚，有人在呼喚他，隱隱約約——曉南，曉南。

是爸爸嗎，哦，不，他再也喊不出聲了，媽媽嗎？我不要見她，她那樣叫人羞於提及，可是，曉南，曉南——真有人在拉著我、叫我，有救了，只要有人來就好，只差一個人伸出援手，我真的只差一個人來救我一把。

曉南——怎麼回事，又作噩夢啦？

噢。噩夢，又是噩夢？昏朦中，掙扎著掀開眼皮，是姊姊，穿著天藍色睡袍，那樣貼近，僅只是一陣經常會來的夢，形影不離如鬼魅附身又描摹不清的恐懼與驚悸。他揪著棉被，瞪著姊姊，她仍然笑盈盈地安慰他，已不止一次了……

「怎麼不會幻想些愉快的事進入夢中？譬如說，夢到那個你最近老愛向我提起的，你去她家打蠟的，會好多種樂器的漂亮女孩？」

窗外的天，像一方巨大無比的硯台，濃黑的墨一陣陣自其上徐徐滲出，深夜三點，大地沉寂無聲。想到剛才只是噩夢，想到幾小時後，世界又會光亮無比，心總是舒寬多了。

「別忘了，吃鎮靜劑，不然，又要折騰到天亮了。」

姊姊臨走前，替他倒好了溫開水，把藥丸放在桌上。

為什麼老是夢到那些不要的，為什麼夢不到要的？

臥想那個高貴的女孩仍是有益的，上次逮到機會該和她多聊一些的，可是為什麼一開口就變了樣——談氣炙人，變得如此孟浪。原來只想引她開口的，怎麼自己會變成那副德性？

曉南瞪大了眼珠，瞅著桌上靜靜平擺著的安眠藥片，和那杯靜止無波的開水，一切都靜得要人受不了，一定又是個長長難耐的無眠夜了，能臥想那個高貴的女孩仍是有益的……。

三、印象之二

這回打蠟，她又在家，仍然是樓上，是鋼琴聲，像是練習曲。夏曉南偶爾會不自覺的停止機器的隆隆聲，把注意力集中到耳朵，他想過要如何去誘她下樓，可是總不能又說同樣的話吧。

正思忖間，琴音不知在何時停了，然後是輕悄悄的下樓聲，不須絞一些腦汁，她竟先找上來了。

「喂，打蠟的，黑松汽水，國貨。」

她果真在已被移至一旁的茶几上放了瓶正在冒泡的透明汽水和一個玻璃杯。

猶豫一下只是本能的掩飾，他將打蠟機擱在牆角落，沒用杯子，一昂首猛灌汽水，這時他一點也不渴，灌得整個胃都要翻了過來，卻一個勁兒的只想用眼角去瞥那女孩一眼，很洩氣的是那女孩正專心地看著手中捏的幾張紙。芙蓉如面柳如眉，她就長得那樣，夠風雅的了，可是芙蓉又是什麼樣子呢？恐怕連柳的樣子都很概念化了。曉南用眼角餘光瞥著、瞥著……。

「喂，汽水喝完啦，空了。」

被她這一喊，才警覺到手中握著空空如也的汽水瓶，他慌亂失措地扭開了臉，像幹了件多麼羞恥的事。

「我念一段散文，是個天才寫的，我看你還有點水準，你聽聽，然後給個分數。」她朝他晃了晃手中的白紙。

他露出自以為夠性格的男性笑容，不露齒，略有角度，可理直氣壯的盯著她瞧個夠了。

「這兒一切都是無飾無華而真實的，」她開始念了起來：「從掀開岩石竄爬出一隻慌亂的大螞蟻，到飄過湖面輕輕淡淡的雲影，像伸手就可抓到，藏到草堆裡，揣進袋子裡，攏入心裡……」

喔，真叫人嚮往——她那張白皙而細膩的臉，無飾無華，卻又高不可攀。他想著，有些紛亂了，像慌亂的大螞蟻已爬入他心裡開始不安分起來。

「仰著，臥著，伏著，都可以數著自己的心跳，像數著節拍，數著數著，旋律就出來了。彷彿聽到了很久遠以前的某個地方，有個漁夫在唱著——高歌一曲斜陽晚，一霎時，波搖金影；驀抬頭，月上東山。在塵世間一切醜陋的、虛偽的、空乏的都晨晨消散了。這裡沒有報紙，所以見不到一切我不愛知道的，我遠離了這個世界，可是我卻有一個更美的世界，它就是我的寧靜海……」

她真是另一個世界的人啊？不然怎麼會如此有傻勁地念著些不知所云的東西？向陌生人傳教嗎？傳什麼呢？

「我愛原始，原始的小山，原始的湖水，原始的細樹，原始的輕風，要原始的纖細，不要頭角崢嶸的動物在石器時代出現……」

「喂，你到底有沒有在聽？」她音量突然加大了。

「哦。」他嚇了一跳：「哦，完了嗎？真好，真叫人嚮往。」

「我只念了三分之一，如何？給個分數吧。」

「五十八分。」

「為什麼？是天才寫的呢。」

「天才嗎？是珠算還是運動？」

「是音樂！」

「音樂有音樂的表達語言，換成文字，就不行了。」

「說說不及格的原因？」

「缺乏血肉和真實生命。」

「好，沒關係，反正很多人都說我是天才，天才總是會遭人嫉妒的。」她毫不在意的笑了起來，變得興致勃勃：「你相信真有這樣的地方嗎？在我老家台南新營的一個很少人知道的水庫，放了寒假，我帶你去，我一向只帶我看得順眼的人去。」

「可是你——為什麼？」他簡直不知如何應對了。

「我叫姚莉，我喜歡跟坦誠的人做朋友，你說我寫的散文缺乏血肉和真實生命，我承認。所以我覺得你很直，友直友諒友多聞，我是友直，哈哈。」

我坦誠我直？我的天——曉南感到那隻慌亂的大螞蟻又開始蠢動了，糾絞得他臉紅一陣，青一陣，不知道自己是如何開口謙虛一番的，總之，語無倫次的前後判若兩人，唉，友直友諒友多聞，我什麼都不是啊。他好像是這樣說的……。

四、她從海口來

葉文英搬進曉宜和曉南合租的這間巷底公寓二樓已有一個多月了。她原先早已從海口老家來台北念護校，在學校附近和同學合租了一間小房子，她有些潔癖，偏偏遇上了一個衛生習慣欠佳的室友，令她一再萌生重尋居處的念頭。

那天她和往常一樣到市場買青菜和肉，走出市場門口，又見到那個供小孩用紙網撈小金魚的老婦人，裹著厚重的黑大衣，露出一雙多繭的腳，茫然地坐在那兒發愣，生意清淡，不知是天寒，或是現在的小孩都精靈得知道用紙撈魚是件不划算的遊戲。當她赫然發現一個大男生蹲在那兒，投注全副心血在撈金魚的工作上時，她忍不住湊上前去。

「小姐，要玩嗎？很便宜的。」

她連忙搖頭，怕驚擾了那個大男生。他會是個白痴嗎？不然就是智商偏低——不然，怎麼那樣專心？

顯然他是個不夠聰明的「漁夫」，他左手執著小鋁盆仍是空的，右手抓著紙糊的撈網，浸在水中，追逐著池水中比較豔麗而大尾的，可是，一再被輕易地滑溜過；他窮追不捨，又調了方向，很努力地去跟蹤一群最小尾的黑斑魚，他的網探入水中，飄了幾下，紙網從邊緣的地方破了，這是他手中最後的一支撈網，她猜不到那大男孩的表情。老婦人習慣地露出最後的牙根笑了，在這樣冷冷的冬天，此刻她彷彿才是永遠的勝利者。

當他聳著肩起身要離去時，才發現原來彼此是認識的。

「你是——」他怏怏的表情扭成一團驚奇，卻怎麼也想不起來。

「我是阿英，你是蝦米仔，對不對？在海口，我們一起長大的，你忘了，新竹海口啊！」

海口。新竹那靠海的小漁村。曉南臉上迅疾掠過一種奇異的陰霾，瞬間像有什麼冰冷的液體流竄入他渾身每塊肌肉的接縫中。葉文英見他像是猛顫了一下，並沒有他鄉遇故知的喜悅，於是匆匆交換了地址就分手了。

倒是曉宜很熱情地來找她，要拉她一塊兒住，說反正空了一間房子可惜，三個人還可有個照應，至少房租就省了些。葉文英拗不過她，就住過來了。

三人住在同一幢屋簷下，同一層，卻各忙各的像打轉的陀螺，曉宜在一家旅行社工作，曉南念海洋學院輪機系，半工半讀。她和曉宜兩人輪著下廚，偶爾晚上三人可聚在一起共享一餐。晚餐時，曉宜的話題總在旅行導遊發生的一些新鮮事上打轉，或是談談羅漢彬——那個長得滿帥，常常騎個摩托車來載她的工程師，他們好了很久，問題是羅漢彬老是沒提到戴戒子那種事，曉宜總解嘲的笑笑：「新女性主義裡，沒提到女的向男的求婚這一條吧？」

曉南很沉默，快快三、兩口吃完飯就先離座了，他似乎最不愛聽葉文英聊起童年在海口的歲月。葉文英是能揣測的，那時雖年幼，畢竟也聽到一些有關夏家的傳言。大約在他們都還是南寮國小的學生時，那個安靜的海邊村莊發生了一件夠轟動的凶殺案：曉宜的生父在藉酒壯膽之後找曉南的生父挑釁，曉宜的生父拔出預藏的扁鑽朝他經常去索取財物的男人胸口捅了一刀，刀被對方奪下後，一場凶狠的糾絞與纏鬥發生，從夏家的客廳祖先牌位前一直殺到四合院前晒穀的廣場，不久兩人都死在血泊中。沒有凶手與被害者，也沒有被告與原告，全村萬夫所指，認定她有剋夫命的是可憐的弱女子阿嬌；當她帶著這對同母異父的姊弟曉宜、曉南離開海口村時，四合院的晒穀廣場中，紅衣道士和赤膊的乩童正在尖鳴的吹打聲中，為這個凶宅驅邪。葉文英夾在圍觀的人群中，眼見乩童用多刺的鐵棒往他自己身上打，血一邊流，口中說了一大堆靈語，乩童的血，在燈光中邪邪的亮著，讓人又要想起前一次的殺伐，據說目睹自己父親死於亂刀下的曉南，曾經嚇得不省人事，村人都深信夏家有鬼怪在搗亂。想著曉南那張灰白失血的臉，葉文英至今記憶猶新。

聽大人說，阿嬌和曉宜、曉南投靠到宜蘭的阿姨家。後來又說阿嬌去了日本，不久就淪為娼妓，留下兩個無辜的小孩，不定時寄錢給阿姨，供他們念書與生活。

蝦米仔在台北念大學也是海口的一些消息靈通人士傳出來的，起初以為是謠言，現在都證實了。

讓葉文英好奇的是，曉南床頭擺了一艘用各種廢物所拼湊而成的帆船模型，那樣斑駁而不協調，包括火柴盒、三夾板、小瓶子、銅扣子、破布、塑膠片，堆砌起來竟也頗具規模，看得出他花了很多心血。

有一回曉宜告訴她說：

「蝦米仔一心想當船長，他想漂流到很遠很遠的地方。」

「他似乎厭惡他的家鄉？」葉文英很肯定的問。

「你知道，我們從小就沒有過家的感覺。」

「你呢？你怎麼沒想過也漂流到很遠的地方？」

「我無所謂，到處為家嘛。」曉宜笑得倒很開心，她似乎克服了那些曾是童稚心靈裡會蠶食鯨吞她的巨大陰影？

曉宜是以曉南為榮的，雖然他們的生父死在彼此刀下，但是在她談到曉南時的眼神中，卻尋不到一絲絲血海深仇。她總是說曉南有音樂細胞，該讓他念音樂，可是他不肯，他說有錢人的小孩四、五歲就可以練鋼琴、拉小提琴，他現在去學太晚了，他總是說得很頹喪。曉宜每每提到這種事，總會嘆口氣說：

「曉南真該是富人家的孩子，他投錯胎了。」

葉文英喜歡偷偷凝視著曉宜那一對丹鳳眼，村子裡的人都說她酷似阿嬌——那麼，她也會像傳說中的阿嬌一樣剋夫嗎——哦，別缺德了，葉文英每思及此，會替自己的迷信感到罪惡，曉宜待她好，不該老想到那些道士、乩童的胡言亂語，說什麼天意與命定的。

放寒假後的一天，曉南走了，帶著那條大帆船。據他說，他要去一個叫「寧靜海」的地方，在南部一個很少人知道的荒島上？說得神祕兮兮，像是什麼大事要發生，真要上月球似的。

五、我們去寧靜海

這兒就是姚莉所謂的「寧靜海」了，荒涼原始得要擺渡才能進入，進去後又是一大片蕪亂叢雜的蘆葦，繞著像原始林般的羊腸小徑，費了半天的時間才撥雲見日的看到一片靜止的湖。

曉南卸下了行囊，整個人傻在那兒，身後一列高瘦的椰樹，影子密密織網包圍著他，他猶如踩在另一個世界，可是卻不虛幻，湖水靜得像有千言萬語卻疏懶得三緘其口。

「你那篇散文應該給及格的。」他大聲叫了起來：「我感覺一種洶湧不止的奇異生命力在湖水底下翻騰。我們不能遁世，我要在這兒讓蝦米一號啟航，揚帆！」

曉南從行囊裡抓出了那艘化腐朽為神奇的大帆船，像個十歲的小頑童，趴在湖邊如同他趴在人工水池旁用紙網撈金魚那模樣，把「蝦米一號」放在「寧靜海」上了。

他對著湖水說：

「它和海功號不同，不想捕南極蝦，只想撈些蝦米。」

姚莉似乎很習慣的倚靠在椰子樹下，撩撥起隨身帶來的吉他，曉南很專注於帆船的啟航，也隱隱分辨出姚莉唱的歌詞：

我的背是日暮的白沙
讓雙足是羞怯的木槳
我的心是悄悄的籮筐
讓雙手是風雅的魚網
……………

歌聲在這般寂寥空曠的湖上飛傳開來，「蝦米一號」也開始在海上飛揚起來——小馬達篤篤篤篤，竟也真向湖中心駛去，越來越遠。

曉南發現「蝦米一號」逐漸駛遠後才警覺起來，立刻脫了上衣跳入「寧靜海」中，濺起一陣不寧靜的浪花後，便用自由式夾著狗爬式的泳姿追趕他的船了。

當曉南舉著「蝦米一號」溼漉漉地登上岸時，姚莉真有些哭笑不得，眼前這大男孩讓人摸不出有幾根筋骨？

啃著雞翅膀和滷蛋的野餐時，姚莉很不經意地詢問他的家人。

「爸爸小公務員，媽媽小學老師，家境小康，如此而已。」

他毫不考慮地背誦出這些話，把雞骨頭狠狠一擲，擲向「寧靜海」，一圈油漬飄浮擴散開來，姚莉正要提出抗議，曉南先喃喃地嘀咕起來：

「在風平浪靜的湖中，它怎麼會漏水呢？想不通，怎麼會漏水呢？」

他的手不停的撥弄有些破損的「蝦米一號」，有意規避了話題，抬起頭她正笑盈盈吃著蛋塔，奶油還沾在唇上沒舔掉，他突然想過去一把摟住她，吻她，反正這四處沒有人煙，說不定對方也正期盼著呢——看她明亮的眸子，像湖水般，是不是正等他下一步的豪情壯舉？

我得踏出阿姆斯壯的第一步——他想著，果真拍拍屁股站起來，走過去，臉已微微泛紅，耳根也莫名其妙燙了，一雙手不知該放置在那個最適當的位置。

「剛才的歌，是一個天才譜的曲填的詞，怎麼樣，夠資格風靡一些人吧？」

「噢，」他微微被挫頓，隨口說：「只不過校園歌曲罷了，缺乏內涵與時代意義。」

他沒能再拔步朝前，他始終要自己是高傲的。他轉身背著她，就像她「缺乏內涵與時代意義」的歌詞——他的背是日暮的白沙，映著落日餘暉，蟄伏的思緒又紛飄起來，羅漢彬的話又困囚著他了：

逮住任何機會追上姚莉。這年頭，娶個有錢有勢又有背景的老婆比什麼都重要，可以節省起碼十年的煎熬與奮鬥。別傻啦，姚博光在商場上是何等人物？你可以改行從商，接下他所有的事業，要狠一點，曉南，在如此競爭激烈的社會，要不擇手段……。

羅大哥——姊姊最要好的男朋友，怎麼會是這種尖銳偏激的人呢？那你追我姊姊幹什麼？她一無所有——他曾經如此逼問著羅，他支支吾吾地回答說，這又另當別論，因為你老姊漂亮，女孩漂亮是另當別論的，對不對？羅漢彬很狡黠地說。

那你會娶她嗎？又再進逼了一步。哦，他笑得很邪門：不到最後關頭，什麼都不一定，對不對？

這世界沒有對不對——如果真理就是不擇手段，那麼不擇手段就是對的，其他都是錯的。他將羅大哥的話作了如此的歸納。

想什麼？姚莉問他。他恍惚地甩了甩頭，想把羅漢彬的真理徹底地甩掉。總算他夠機靈的，他聳聳肩說：

「我在想，月球上的寧靜海醜得要命，沒水也沒生物。」

他搬出了專業知識來唬唬她：

「在地球倒真是有寧靜區，幾乎沒有風，接近赤道海洋無風帶，海面像鏡子一般平靜，南極洋近大陸邊緣，也是平靜的——這些在地球上都有，不必到月球去找，是誰說過這句話——天國是在地球，不假外求的，這是名言。」

「喔——是這樣啊？」姚莉顯得有些不服氣：「根據高中地理課本，越是無風的地帶，越經不起一陣驚濤駭浪，只要一陣風，寧靜區就消失了，地球上沒有真正的寧靜海，天國也不在地球。」

「噢——天才，不愧是天才，姚莉，我服你，可是，你很矛盾，你幹嘛要將這兒取名寧靜海？」

「一種假象嘛。」姚莉眨眨眼，完全不像那個未經世故的小女孩：「人總要生活在假象裡，在欺騙中享受。」

「所以你不介意我在你的寧靜海裡游泳，身上的油垢都浮在水面上了？」他搔搔脖子，像還沒洗乾淨。

「讓它髒一點吧，太乾淨了不好。」她撫著自己的胸口，像吟詩般說：「讓陽光照亮這裡最淫最霉最見不得人的部位。」

曉南不再吭聲，只默默地把「蝦米一號」船身上的水甩了甩，放到從樹縫間射進來的一小方塊陽光中晒乾。他沒想到姚莉會像X光一樣，照得他不知所措，他扶著「蝦米一號」，手心沾著船身的淫漉，手背卻感到那照射下來的一絲暖意。照亮最淫最霉最見不得人的部位？可恨的姚莉，你不要自以為是什麼天才大哲學家，我是不信這一套的，曉南竟有一種被侮辱的感覺。

「喂，我們來個交易如何？」姚莉指著「蝦米一號」說：「你送我這個，我為你譜一首曲子，讓你終生受用不盡。」

曉南仰著臉看她，陽光正不偏不倚一直線地射在他睜不開的眸子中。

「好吧。」他也不知道為什麼如此慷慨脫口而出，想反悔也沒機會了：「不過，我不要你的校園歌曲，你為我譜一首『蝦米一號進行曲』，像莫札特或海頓、華格納，你說過你是天才。我給你三個月的期限，至於『蝦米一號』，今天就在寧靜海畔舉行交接儀式，反正它也有了啟航典禮。往後的日子，你要好好對待它，定期加油，它不太耗油，不會受能源危機的影響。」

他把「蝦米一號」給了她，給得心甘情願，甚至還偷偷欣喜她能看上這艘拼拼湊湊合成的東西——雖然耗過他無數的失眠夜，但在給她的一瞬間，一點也不留戀，棄之如敝屣那樣不在乎。

曉南不敢牽姚莉的手走那羊腸小道，他走在前頭，用一枝竹籐子兀自在前方兩旁撥啊撥的，小道已足夠一個人走了，他只一逕無感覺地撥著撥著。為什麼不能承認自己的一切？什麼時候自己的父親從口中滑出就成了小公務員？母親也成了小學教員？小康？小康？真的只要小康就太夠了，還企求什麼？撥啊撥啊，撥掉那兩旁的雜草，打掉一些蘆葦的穗子，錯綜的枝枝影子在他身上晃著，撥啊撥啊，聽到她還在後面唱雙手是風雅的魚網，真是風雅個大頭鬼，在如此人跡罕至的原始地帶，他除了只會撥啊撥啊，思緒早被日光蒸發殆盡了。

「喂，你別撥了嘛。」她喊著。

「那你別一路上唱歌。」他也不甘示弱。

烏雲一直濃濃密密漫漫漂漂地漲潮般湧現，他們匆忙趕上了渡船，在船身的擺晃搖盪中，漸漸離開了這荒涼的區域。姚莉捧著「蝦米一號」朝著他微笑，他卻連眉頭都不皺一下，像泫然欲泣的天空般灰沉沉地，彷彿姚莉是他不共戴天的仇人。

六、夢魘之二

期中考以後，曉南決定放棄打蠟的工作，改換去成衣工廠批發成衣沿龍山寺、萬華一帶叫賣，利潤及勞力都比較划算，除了這個表面的原因之外，更讓他不願再打蠟的理由是最近兩次到姚莉家打蠟時，已聽不到琴音了。

當他終於憋不住的詢問姚家的老佣人徐媽，她語焉不詳的說小姐好像去了美國參加什麼音樂營還是訓練之類，大概要半年才能回國。

「她走時有沒有——我是說——有沒有交代一些什麼？」

徐媽用很奇特的眼睛瞪著他，似乎沒懂，雖然她略有耳聾，但她的表情是聽懂之後那種想不通而懷疑的意思。

水晶吊燈、大壁鐘、酒櫃都向他猖獗地嘩笑，嘩笑，嘩笑……。

他那內向而易熱的面孔又不爭氣地發燙，匆匆竄離而去，也顧不得徐媽在後頭直嚷著：

「喂，打蠟的，怎麼只打了一半就走了，你神經病，錢也不要了？」

不知道走了多少路，像置身隆隆的機器房，他耳朵接受嗡嗡干擾，渾身從頭到腳昏沉滯重。沿途有很重的溼氣，欲雨未雨的氣候，連方向都辨不清了，四周沒有霧，唯獨眼中有霧，恍恍惚惚在姚家附近的大大小小巷弄繞了三、四十遍，回到自己的小屋時，已深夜了。

葉文英坐在客廳守候著他，或是自己失魂落魄令她不知所措，還是他像醉酒後的錯覺，總感到葉文英一直深情款款的注視著狼狽的他，許久，她才冒出一連串的話：

「阿宜上午帶了一批日本觀光客到橫貫公路，她臨走前交代我要提醒你，飯前立達賜康和健樂仙各一粒，晚上失眠不得已時吃一顆鎮靜劑。早晨起床時先穿襪子，以免打噴嚏……。」

「噢，我很不舒服，阿英，我想去睡了。」

「不先洗澡？我給你放熱水？」

「不要，我——」

「好，好，那你去睡吧，平常要打工，又念那麼難念的大學，每天通車又花費那麼多體力，蝦米仔，你真棒。」

「我？呵，呵，棒個鬼。」曉南用指頭按著自己的鼻尖，乾澀地笑著：「從小你就知道我的，阿英，我是海口村最令人厭惡的小孩，他們見了我像見了鬼。」

「怎麼會？怎麼會？」葉文英怕他悲從中來，上前去扶搖搖欲墜的龐大軀幹，同時撼搖著他的肩：「沒有人這樣想過你，你還是我們村子裡很少數能念到大學的，我羨慕你都來不及。」

他陡然抬頭，一陣熱呼呼的鼻息噴到他冰涼的頰上，外頭好冷，冷透了骨，冷徹了心，她的手卻是高溫的，他觸及到她成熟豐盈的肌膚，一下防不住，抱緊她，竟幼兒般嚎嚎啕啕痛哭失聲，像防火栓被打了開，淚水一直浸溼了她穿著睡袍的胸口。葉文英此刻柔暖慈愛如一個哺乳的母親，哄著這個比她高一個頭的孩子，雖然她自己也不知所措的心跳加速亂蹦，卻也能鎮靜地撫著他微溼的亂髮，口中一直輕輕哄著：

「別哭嘛，蝦米仔，過去的早就過去了，何況你現在已經快出人頭地了，有一個那麼好的有錢女孩對你好，眼看大學就要畢業了。快，別哭啦，鄰居聽到會偷笑的。」

哭得頭更暈，累得精疲力竭，也分不清是如何沉沉睡著的。很快，他又嗅到了海邊椰林的清香，又在寧靜海遇到了姚莉。姚莉熱情地奔向他、擁抱他，不再那樣遙不可及，他拉著姚莉奔往「蝦米一號」大帆船，他們爬上了船，在甲板上迎風起舞，不遠處海在向他們召喚，風在耳畔咻咻不止，他趁著一個舞姿攬起姚莉就吻了起來，他幾乎是用啃的，彷彿正補償著有過的每一次無法付諸實現的動機。他突然想到含蓄而原始屬於古老中國的四個字：入衾共枕，這時海洋便是他們的枕，他們的衾，他想要走入她的最裡層，最深不可及的核心。他翻滾掙扎著想要回歸原始，像林中狂奔的野獸。那種赤裸裸的溝通是他渴望的，他胸臆底的火，已焚化了北極凍層，遠古的冰河化成涓涓細柔的水流，水流凝聚成浩瀚的海，海探出如手的浪，向他擺手召喚，海風也旋著他轉。

他要征服她，像征服海洋——那夢寐以求的寄生地，他完完全全的沒入海洋中，只聽得海水在翻騰呼嘯著。當姚莉在他身軀下掙扎滾動時，他立即察覺自己的無恥，可是像過了河的卒子，卻也只有揪住她忘了其他一切。

不能這樣唐突對待她的，千萬不能，她是神祇，不能觸碰更不能破壞沾污了她，他對自己吶喊起來。可是眼前是一片波濤壯麗而燦爛的景致，洶湧的海，絢爛的晨曦徐徐升起，海，又在向他召喚，他浸在海浪的翻轉中已不能自救。

他在精疲力竭中醒來，如同他在昏沉中睡去，世界是一片漆黑，什麼也沒發生，只是一片無垠的黑。枕頭溼了一大片，棉被也溼了。

「阿英！阿英！」他脫口而出，在如此寂寥的黑夜中，他像個失去控制的精神病患者。

他斜著脖子，傾聽著葉文英的腳步聲，然後依呀地是推門聲，接著世界突然刺眼地光亮無比，葉文英揉著惺忪的睡眼，問著正用棉被遮光的曉南：

「又是噩夢，又夢到了血對不對，曉宜姊告訴過我了。」

「對不起，我也搞不清自己為什麼要喊。」他從棉被裡露出個頭，雙眼仍然瞇著，不能立刻適應這個亮澄澄的世界，他寧願再回去黑暗中，回到夢裡。

「你忘了所有該吃的藥。」她指了指桌上的藥袋。

「我真是外強中乾哪，一定要吃藥？」

他喝了口水，把藥片放在口中，然後看著她：這個和他來自同一個村莊的女孩，在童年的記憶中，是唯一最願意親近他的，因為其他小孩都被大人告誡說，少和夏家來往，那兒凶煞氣太重，屋裡屋外都染著洗不淨的髒血。只有她，一個善良的女孩，會偷偷找他和姊姊講話。

「怎麼這樣子看人家？」她笑了起來，幾分喜悅。

他也笑了，不知道是為了夢，還是為了真實，連他自己也分辨不出了。

他伸出右手去握她豐碩的臂膀，她本能的猛退了一步，眼神是驚喜的，手仍然被他握著。她不是姚莉，她隨時可以抓到，可以在她面前開懷大笑，放聲痛哭，她知道他的一切，除了「寧靜海的祕密」以外，他幾乎是赤裸裸的不必有任何掩遮——在她眼前，可以傲得不心虛，又可癱軟得像個無告的孩童。

「有空我替你去打工，像賣成衣什麼的，我都會，好不好？」她見他仍然不吭聲，找句話打破了僵局。

曉南點點頭，一扭身，看到已空了的床頭，那上面原來是擺「蝦米一號」的地方，他免不了又打了個冷戰，牙齒吱吱吱吱地哆嗦起來，外面一定好冷，他想。

七、他們都要去美洲大陸

曉南在回台北的公路局車裡，並沒因這樁突發事件而張皇失措，高速公路兩旁暈黃的燈光照得前面一片迷茫的疑問——為什麼姊姊要結束自己年輕的生命？他懷疑自己這種出奇的平靜，對於姊姊的自殺，他毫無心理準備，可是卻又似乎冥冥中能接受任何從不可能變可能的事。是麻木和蒼老的預兆嗎？姊姊平日那麼樂觀的性格並不能保證什麼，她常說她最看得開，天塌下來也不怕，現在可是往河裡一跳，什麼也不要了。

該是為羅漢彬吧。想不到更讓她有勇氣幹這種傻事的人了。

前幾天聽阿英說他們曾經關在屋子裡低聲談話，好久忽然聽到阿宜喊了一聲，用很不尋常的腔調：

可是我已經把全部都給了你，我怎麼辦？

接著羅漢彬也吼了一聲：

那有什麼稀奇？這種事情太多了，我不必負責。

後來阿英從阿宜口中問出了一個所以然來：羅漢彬決定和一個女孩結婚，對方家長願意負擔他出國深造的所有費用。最近他取得了美國印地安那州一所大學的入學許可，所有學費及生活費、機票全得自己湊，他賺的錢一半給了父母，沒有一點存款，眼看出去的機會要丟了，所以就把握了這種千載難逢的機運。他一再向阿宜訴說他自幼的窮困，也一再強調成功要靠命和機會，他苦苦哀求阿宜諒解。他說如果你真愛一個人就應當成全他，阿宜反問他，如果你真愛一個人是否也應當為她放棄一些原以為是最重要的事？繞了半天，兩人各吼了一句，就結束了一次荒謬的談判，接著羅漢彬就積極開始辦手續，什麼都不管了。

或許這就是羅漢彬的哲學——可以節省起碼十年的煎熬與奮鬥……要狠一點……在如此競爭激烈的社會，要不擇手段……。不必想要將羅漢彬碎屍萬段的——他隨著車身邊晃邊難過，越難過就越有嘔吐的意念——羅漢彬算什麼？他只是許多年輕人中的一個——一個嚮往美洲大陸樂土的人而已，那兒是他們的天堂。半年前替羅漢彬去辦考 GRE 報名的事，此刻又都被撩勾了起來。

那天才一大早「美國在華基金會」已是大排長龍，或立或臥或坐，一些人席地而坐看著報紙的分類廣告，一些人手中捏著補習班的講義念著，也有在翻看美國地圖的，大夥長時間地等待著，一直等到接近中午。

陽光從右方鐵欄杆照進來，映在一對年輕男女身上，男的像演洛基的大塊頭，那樣兩眼無神而又頗有風格的斜靠著牆，女的紮了一個豔麗的青色髮帶，翹著一根馬尾，正愉快地說著美國西部、東部各大學，談著什麼地方夏天有溫暖的陽光，什麼地方秋天就會有厚厚的雪，彷彿她是個美國通。

提著水桶的工友從緊閉的小門中走出來，見那麼多人，嚇了一跳直搖頭說：

「去吃飯吧，下午才開始報名，急什麼？肚子不會餓呀？有什麼比吃飯更重要？真不懂。」

沒人理睬他。一個個老僧入定般耐著性子等著，他們都是考場老將了，初中聯考、高中聯考、大專聯考，沒有人比他們更會考、更會等了。

左手邊示範報名表貼在一張古舊的風景畫上飄懸著，風景或許是美國的某個角落，上面有一張公告也邋啊邋的：

「GRE 報名表已發完，本基金會已拍電報到美國 ETS 續寄報名表來台，屆時再來查詢索取。」

日光燈吊在棚子底下亮著，在大白天也發揮了一些功能，只是外面逐漸陰暗，天色像要下雨般沉了臉。

像洛基的大塊頭與青色髮帶的女郎仍然盎然地聊著一些美國的風景區和風俗。

站在他前面的女孩正捧著一本指南之類的英文書，書上勾勒著美國的地圖，她一動也不動的讀著。

隊伍越來越亂，已經插隊的和企圖插隊的人很多，他只覺得有一股力量在推他後退，正想去揪出那些投機份子，卻聽到一陣嘩然聲響，傾盆大雨從天而降，排在基金會以外的隊伍發出了驚叫聲，趁勢都湧進了小小的棚子內。他從心底翻出一種齷齪的味道，手中持著羅漢彬的報名表，直視著上面黏貼的半身照：方頭大耳，眉目清秀，會成為自己的姊夫嗎？

曉南拉著車環的手有些發麻了——前面依然是澄黃的燈在引著路，他感到擁擠，像那天的報名一樣：彷彿周遭都是充斥著汲汲營營的人群，他發覺姊姊和他才是孤獨的，孤獨有很多排遣方式，可是為什麼要選擇跳河？

他孤獨的時候，就做「蝦米一號」，一點一滴的做，做的時候就幻想著，乘著它，飄流到許多不知名的島上。

可是現在「蝦米一號」在姚莉手中，而她並未履行諾言——他突然發覺他和姊姊都受騙了。可是，為什麼會發生在那個不屬於月球，也不位於美洲大陸的寧靜海，在自己踩踏的土地上，那個清明如鏡的湖，荒涼而淒冷，可是真好，不該會有任何罪惡的。

通知他趕回台北的是葉文英，她長途電話打到學校，要學校派人把他從教室中找出來。阿英用細微的聲音說：

「已經用人工呼吸救活了，你不用擔心，這邊有我，你下課再回來都沒關係。」

她總是那樣慢吞吞的、小聲小氣的，可是在這種生死的關鍵上，她又是最真實而有用的。阿英，哦，阿英——曉南忽然想到在她懷中哭得失態的那件事。

希望姊姊能活著，而且繼續用笑容活下去。

台北就要到了，他已不再去想，也許，如阿英所說——一切都過去了，一切都會沒事的。

八、我們回海口去

羅漢彬去美國已成為事實，終究曉宜也還是活了。只是經過了一番調整和適應，創痕也結上厚厚的疤，除了變得寡言外，必然還是要笑臉迎人；最近有一位姓林的高級職員對她展開「愛情大進擊」，她也接受了。女孩漂亮是另當別論的——這也是羅漢彬的邏輯，似乎也很靈驗。能熬過這次劫難，活下去總有新的盼望，曉南替姊姊感到慶幸。

這原本是個極規律而平淡的週末晚上，他肩著一袋從工廠批出來的成衣和阿英到龍山寺叫賣，經過了嘈雜的各種小吃攤——彰化肉丸、魷魚羹、燒肉粽、紅燒鰻，那些熟悉的百味雜陳，已令他倒足胃口，他到了那個轉角處，正準備攤開布包，身後傳來一聲呼喚——曉南！

很真確的是從人群中冒出來的兩個字，亮晶晶的聲音，曾經消失很久，也曾經在幻覺中會忽然蹦出來的。

果然，是半年多不見的姚莉，一點也沒變，喘著喘著就趕上來了。

「怎麼？改行了？徐媽說你最後一次打蠟連錢都沒要就走了，從此就沒到我家過。」

曉南沒聽進一個字，他還來不及適應她的出現。原先他早已不再去想他生活中曾有過這樣一位想拉她手而不敢拉，在夢中卻又可隨心所欲飽餐她的女孩。有一段很長的日子連走路、搭車都避不經姚家，算算日子，從那次竄出她家門後，她是早該回來了。

「我氣死徐媽的糊塗了，」姚莉的情緒似乎還接續著從前一起到「寧靜海」的日子，沒管立在一旁有些尷尬的葉文英：「我臨去美國前就要徐媽交給你一封信，我忘了問你住址，我也夠糊塗的。我在信裡面告訴你我要走的事，同時也附了那首答應和你交換蝦米一號的歌，不過，我寫的是一首生日歌，我說過要讓你一生受用不盡。我喜歡人重視自己的生日，那樣會覺得自己偉大。不過，你別偷笑，我譜的曲，還是被你嘲笑過的校園歌曲，但總是屬於你自己的生日歌，不再永遠是 Happy Birthday to You……。」

「我輾轉打聽到你姊姊的公司，又聽你姊姊說你大概在這裡，我就追蹤到這兒，喏，這就是那首歌。」姚莉從袋中掏出了一張淡紅色的紙，上面有著曲和詞：「我怕你怪我失信於你，你知道，我一直很照顧蝦米一號，把它放在床頭……。」

曉南木然地接過姚莉遞過來的紙，上面的日期果然是最後一次到姚家打蠟前一週。他在昏暗的路燈下，隱隱忍著起伏的心情，讀著上面工整的字跡：

「當你生日時，我們就把奶油調成水彩，再加進款款的祝福，畫你成紅蕃的歡呼。趁你驚慌失措，用小火車，偷偷把你的憂愁，嘟嘟地載走。」

第二段是，當你生日時，我們就把蛋糕當作磚塊——曉南讀不下去，他敏感地察覺一旁緘默的阿英，而姚莉仍在擦身而過的車燈映照下顯得興高采烈，像遇到久別重逢的情人那般表情。於是他將歌詞折了起來，擠入褲後口袋內，就像那回姚莉交打蠟工錢給他時一樣，他要自己盡量用那種不在乎的神情和動作，瀟瀟灑灑的。他蹲下身去拿布包，他已沒有賣衣服的心情了，姚莉的聲音隨著嘈雜的人聲顯得更大，甚至有些忘形：

「去了一趟美國，接觸了世界各地的年輕人，聽了很多不同民族風格的旋律，覺得自己突然改頭換面了。我受了很大的震撼，我好想抱住什麼，抱住那種別的民族，別的人種所沒有的。當我下了飛機，沒打電話回家，把行李寄放到姑媽家，就直接去了寧靜海，讓自己頭腦冷靜下來，再清理一遍……」

曉南扛起那袋衣物，文英尾隨其後，似乎也被這局面弄得不知所措，只是跟著曉南。姚莉也走在曉南旁邊，一手還不時幫忙托著那袋子，想減輕曉南肩上的負擔，話卻沒斷：

「我想再清理一遍全部的經驗。過去的，在美國音樂訓練營，和現在的。我一直很不成熟，可是，成熟又是什麼呢？當我搭上飛機從寧靜海飛回台北時，我眼皮好重好重，可是垂不下來，眼睛鼓得好大好大。我在想成熟是什麼？成熟以後會變成什麼？我往下看，有好厚好厚的雲擾亂了我的視野，我一直可以看到那條筆直的南北高速公路，看到一塊塊綠色的田，一區區的小房舍、沙地、河床，一陣濃霧飄過後，又那麼清清晰晰的……」

龍山寺的人潮越聚越多，他們三人開始有些辛苦地排開人群朝前擠，車聲、人聲、犬吠在不夜城蒸騰翻滾著，卻遮不住姚莉激動的話語：

「朝遠看，群山之外好像是海洋，卻又像是化不開的白雲，瀰漫著山間，那是自己的山，如夢如幻，像仙境，我又要胡思亂想一定有個好美的世界飄在金光燦爛的雲山間，我幾乎要叫了出來。你曾經說天國是在地球，不假外求的，我開始接受這句話了……」

曉南不知道該往那兒走，姚莉和阿英都跟著他在打轉，他也不知道下一步該怎麼走，那些黑壓壓的頭是一個個茫然的符號，在他周遭忽高忽低。

「我一直朝下看，目不轉睛的看，陽光斜斜灑下來，使底下的土地更明朗。飛機飛入一陣亂流裡，機身一陣不穩後，雲霧更深更濃了起來，不久，天又大亮開來，我又見到了綠色的田園村莊和那些古老建築，南北高速公路上緩緩爬行的車輛，曉南，我當時好想哭，我好想站起來擁抱——我不知道要擁抱什麼……。」

擁抱我吧，姚莉，我才想哭——曉南止住了腳步，他有一種甩掉肩上布包去擁住姚莉的衝動，那意念好強，他近乎崩潰的狀態，他的腿發軟，手開始顫抖，阿英很擔心地看著他，他甩甩頭，丟了一句話給姚莉：

「你剛才的作文，比上回進步，有八十分左右。」

「曉南，你——你怎麼笑我？」姚莉一把抓住曉南肩上的布袋，一種被羞辱的表情。

文英被這一吼也呆住了。

「姚莉，我沒有笑你，我是稱讚你。」

龍山寺讓攤販的吆喝聲給哄抬起來，離了地面似的……。

「我一直忘了給你介紹。」曉南指著阿英說：「她叫葉文英，我的未婚妻，和我一起在海口長大的，那時我們都是窮孩子，現在可都自立更生了。」

「你好，葉小姐。」姚莉笑得很不自然，但是伸出了手去握葉文英：「你真漂亮，抱歉我剛才的得意忘形。」

阿英一時不知道該怎麼辦，她也伸出手讓姚莉拉著，也學著姚莉笑，她真的不懂怎麼回事，她想這女孩就是從前曉南常提起的那個女朋友吧？

我不是羅漢彬，我不必交一個有錢有勢的女朋友，我也不認識什麼姚博光；我有骨氣，我是夏曉南，頂天立地的夏曉南——曉南在心底狂喊著以支撐自己隨時要崩潰的表情，他感到五雷轟頂般難熬。

「那我走了，曉南，葉小姐，再見，有空來我那兒，聽聽我自己的曲子，我——」她似乎也在忍著要一份最後的尊嚴：「我歡迎你們，也祝福你們，我要走了，再見噢。」

姚莉笑著轉身離去，那一刻的笑，真像曉宜在獲救之後的第一個苦笑，那樣無奈的叫人心酸。曉南搞不懂自己做了什麼，說了什麼？他不相信自己會傷到對方——她是一個強勁的對手，什麼也不缺的富家千金，年輕男孩夢寐以求的追逐目標，剛才幾句話只想在興頭上澆個冷水罷了，沒什麼的；她受挫了還有寧靜海，我呢？我什麼也沒有——不必為她擔心的。

曉南找了很多理由來安撫自己剛才的言行，他目送姚莉消失在人群中，他突然理直氣壯起來。

呆傻在一邊的阿英終於開口了：

「蝦米仔，你今晚怎麼了？我什麼時候變成你的未婚妻？你是在和姚莉賭氣，我看得出來，你言不由衷，你何苦？」

「阿英，我是講真話，沒有賭氣，」曉南低著頭，沒敢看阿英：「阿英，答應我，讓蝦米仔娶你，然後我們回去海口老家，你當護士，我找一份固定的工作，我們成立一個安樂窩，然後要生一群小孩，蝦米一號、蝦米二號、蝦米三號、四號、五號、六號、七號……」

「蝦米仔，不要說這些，不要說這些，我……。」

扛著那袋沉沉的包袱，繞了好大一圈，他們又回到了原來擺攤位的地方了。

我喜歡人重視自己的生日，那樣會覺得自己偉大。姚莉，哦，你是個天才，蝦米仔只配替你打蠟，你不要在乎蝦米仔，蝦米仔終究要回海口去了——曉南將手插到褲後口袋，觸到了那張姚莉送他的「生日歌」，他沒敢拿出來，或許，他該把這張紙丟到臭水溝，永遠不再去想這件事，永遠不要再想寧靜海。

活著總要學會忘記一些東西，也要學會看清自己，其實，怎麼活都差不多，不必要苦苦追求那些自以為高貴的、美的東西，回去海口要有勇氣，那恐怕才是件偉大的事。曉南揉著自己的眼皮，揉著揉著，手背上溼了一片，或許是太晚了，露水也多的緣故。他拉起阿英的手，哼著一首在南寮國小小學生時學會的歌，歌名記不得，可是裡面有一句好像是——揚帆、小帆船，駛進一個避風港……，阿英也附和著哼了起來，兩個人相視而笑，好像是命中註定青梅竹馬的一對。

哼著歌，曉南直揉著眼皮，揉得一臉都溼了，就當它是露水吧，他想，於是露水便泛濫了起來。

血染天堂路

達到這想像的最高點，我的力量不夠了；但是我的欲望和意志，像車輪般運轉成一致。

——但丁，《神曲・天堂集》

蟄之一

當七個人被送到這間在港灣畔被隔離的小屋時，陸毅心裡有了預兆，或許就是最後一晚的棲息所了。下船時大白鯊只留下一句話——把地形再熟悉一下，不久會有人來接你們，祝你們順利達成任務。

大隊長修長的背影被那條小船載著遠去了，海風輕拂著七個人熱燙的肌膚，像醞酒時發酵的酒精，使人微微昏醉。

「還在想那一晚的狂歡？」艇長楊篤恭提醒大家：「等任務完成以後，我看再……。」

「誰知道是活著回來，還是真成了水鬼？」詹宏茂抓一把鼻子說：「陸毅恢復不過來的，剛訂婚嘛。」

「又不是洞房花燭夜，他奶奶的，有什麼恢復不過來？」孔偉光伸了一下寬厚的胸肌，乾笑兩聲，斜睇著陸毅。

「邪門。」呂小差咒一句：「你他媽除了會那玩意兒，還會什麼？」

「還會喝海水像喝高粱酒一樣。」包家琦從角落蹦出一句，卻沒有人笑。

從前講那句話是會引起一陣怪叫怪笑的，是輔導長發明的。這會兒心情不對，晃盪著不安氣息的夜，星光寂然，烏雲掩去一彎新月，黑溶溶的散不開。

「來首東沙小夜曲吧，蕃仔。」詹宏茂遞了一片葉子過去。

胡馬達靜坐一隅，搖搖頭。

「我看大家留點力氣晚上用。」陸毅站起來：「老楊，攤開海圖，大夥都是生平第一遭，謹慎點。」

大夥不吭聲地攏了過來，孔偉光這個號稱無敵鐵金剛的大塊頭被擠在外圈。

陸毅訂婚那一晚，他一個人喝了兩打啤酒，外加兩瓶竹葉青，最後癱在沙發上起不來，直到第二天接到大白鯊緊急召回的電報，還以為在醉夢中。七個人從歡騰的不眠夜跌到冰窖般的戰情簡報室時，還不太適應大白鯊那宣布情況的血盆大口。他們傳閱著各項資料，像水文要圖和天候、激量觀測、水深報告等，同時看著打在壁上的幻燈片，顯示著一處無人荒島，偶爾有大陸的漁船及共軍的巡邏炮艦經過。

他們還不瞭解真正的任務，在出發前楊篤恭才會宣布。但是這種連集訓都來不及的任務，一定是臨時突發的罕例。

楊篤恭把敵情、地形、天候和任務編組、連絡訊號及一切可能突發狀況都重複一遍後，孔偉光終於忍不住了：

「宣布吧，老楊，別賣關子了。」

「我想應該是時候了。」楊篤恭捲起海圖，堅定地看著其他六位弟兄。他們銅褐色的肌膚在微弱的星光下依然透著煜煜的亮。

煉之1

凌晨零時零分的夜間緊急集合有些不尋常的驚天動地；哨音直鳴，伴著怪異的笛聲，歇斯底里的鐵盆敲打，夾在鞭炮聲中分不清是鑼是鼓，所有鼾聲在瞬間被切斷。詹宏茂在漆黑中只見一縷熏灼的青煙自鞭炮亂炸的門外幽幽傳來，大白鯊、副隊長和那群由古隆海為首的助教凶神惡煞般候在門口，他心臟一緊縮——

恐怖的地獄週降臨了。

慌忙中，他被一個力量給撞回牆上。小蝌蚪，緊張什麼？死不了的。是無敵鐵金剛沙啞的聲音。喘息與金屬交鳴聲在幽暗的大寢室內急驟而短促地感染著，傳說中有人在這種集合中被嚇昏過去。

惺忪懵懂間，只聽得大白鯊那嗡嗡的規定，什麼左腳穿襪不穿鞋，右腳穿鞋不穿襪之類的，反正都不穿，管不了那麼多。

撐不下去的只要舉一下手，隨時送你們回原單位，一點也不勉強各位，大白鯊很網開一面的手一劃——

陸上行舟開始。

楊篤恭殿後，左邊呂小差、陸毅、胡馬達，右邊包家琦、詹宏茂、孔偉光，七個人頭頂笨重的橡皮艇出發。

再苦也要熬完，別當龜孫子。小蝌蚪說。

他奶奶的，除非這輩子不要做人，我可沒臉被送回原單位被人笑沒種。孔偉光附和著。他們來自同一單位。

當報到時，笑面水母古隆海的見面禮是一個前滾翻，兩個後滾翻，三個搶背。手中正捧著飯碗的陸毅，整個壓在飯碗上把瓷碗壓得粉碎，嘴巴一張，眼淚就打著轉，古隆海沒給他哭的機會，叫他「左邊去，右邊回」，繞著漁民所搭建的草篷跑，跑回來時，只剩一臉驚悸和恐慌。

笑面水母拍拍他後腦杓說，你是白面書生哪。

這是一個不人道的訓練，要成為一個蛙人之前，你要像一隻在地下爬、水中游的低等動物，忍受一切你們這輩子從來沒法想像的苦，大白鯊向他們澆冷水：看你們細皮嫩肉的，沒有幾個人可以通得過。

像你——他指著陸毅說，打點包袱回家吃奶差不多。

就憑著他這句話，陸毅才三天的工夫，被晒出一層油，又昏厥了幾次，卻不像吳達通、許明山那樣要求退訓。老伙夫吹牛王最同情他，一直幫著他，要他一定得熬到地獄週，吃到他第七朵紅蘿蔔花。

你沒問題吧？呂小差邊跑邊回頭看陸毅。

除非你先倒，我絕不會倒，陸毅說。

一旁的詹宏茂笑起來，沒由來的。

「現在還笑得出來，再過兩天，保證你連哭都來不及。」

又是那個自己笑，愛看別人哭的傢伙。七個人都裝著沒聽懂，繼續繞著高爾夫球場前進，後面纏著笑面水母不散的聲音：

強迫行軍開始，清晨五點半之前全體到達防風林！

蟄之二

胡馬達端著衝鋒槍在小木屋外警戒。

孔偉光和詹宏茂兩人背靠背竟也能睡得唾液滴滴而下。楊篤恭趴在小桌上拿著鉛筆畫來畫去，這時小木床上陸毅和呂小差閉著眼，卻怎麼也睡不著，陸毅翻了個身，床也震動了一下。

想秦良晨對不對？呂小差睜開眼。

不是，我正想她爸爸。

想秦紹羽幹什麼？

記不記得上回去他家，他說的故事？

他的故事像他的勳章，數不完。

我是指他那一雙故鄉的鞋。

一個敵後工作人員的？你是因為剛才楊篤恭宣布了我們的任務？

也許吧，情形有點像秦紹羽那一次深入廈門島四公里的村莊去接應一位躲藏的敵後工作人員。

聽秦紹羽的故事，有點像小時候看鄒容的、徐錫麟的、林覺民的故事般令他興奮昂然。那個退休的老蛙人談起他的亡命生涯總是又哭又笑。那一次和三個弟兄摸上了廈門島四公里內的村莊，挨家挨戶找一位臨時更改見面地點的敵後工作同志；被哨兵發現，駐紮的軍營派出兩卡車武裝士兵來圍捕。那位藏匿的同志交給他們幾套漁民的衫褲，他們偽裝後潛離村莊。離岸不遠時，正待脫去衣褲往海裡跳，追兵已到，秦紹羽掩護同伴上橡皮艇，自己端起衝鋒槍就狠狠的掃了起來，一時火光濺著鮮血，一片腥羶模糊，他自己負傷跳上小艇後，才發現腳下一雙笨重的鞋子也一同上了小艇。

那雙鞋沾著故鄉的土，也沾著自己的血。穿著這雙鞋的人也一定和我一樣不怕死。秦紹羽感傷地提著那雙鞋說，連臉都沒看清楚，見面第一句話是辛苦你們啦，第二句就是快走，多保重……。

唉——陸毅出神地瞪著天花板，一群蚊子正在旋繞著飛舞，他長嘆了口氣。

別想啦——呂小差聲音朦朧地說——我們不也是有機會了？

就要和那位在廈門港被沿岸守軍發現後逃泅至一處無人島上等待援救的情報人員碰面了。陸毅一下子睡意全消：比不上鄒容，至少也像秦紹羽年輕時那樣。他希望快點出發，眼見呂小差快睡著了，於是拿他最怕聽的話去激他。

呂小差——

噢？

林雁怎麼樣了？

……

林雁，林雁哪！

呂小差一下從床上彈坐起來：林雁怎麼了？

問你呀——眼見他醒來，目的已達到，翻個身閉上了眼睛。

莫名其妙，這種時候提林雁幹什麼？呂小差吼了起來：陸毅，我警告過你不准提她，你再提我就——

楊篤恭驀地轉臉，瞪著呂小差。港灣遠遠傳來幾聲淒冷的犬吠，夾著些零散的車聲。

「如果睡不著，來和我換衛兵好了，」胡馬達探進個頭：「我可睏得很。」

陸毅緊抿著嘴，不讓自己笑出聲。

「時間不多，別再窮耗了。」楊篤恭看看錶：「呂小差，你睡不著就去換番仔好了。」

「誰說我睡不著？」呂小差躺回去，用屁股頂了陸毅一下：「都是你，莫名其妙。」

陸毅故意發出濃濃的鼾聲。

難怪你會被學校開除，他媽的——呂小差仍然不罷休地罵著：天曉得，秦良晨會喜歡你這種人。

楊篤恭再一次用眼神警告呂小差。平時最寡言的一個，怎麼喋喋不休起來？他咬著鉛筆，咬斷了一節，忽然把剩餘的部分摔到地上——啊，一聲重重的。

一切又沉靜下來，除了胡馬達的腳步聲和那斷續的犬吠此起彼落著。

煉之2

才稍稍進入睡眠狀態，就被助教抓起來，集合到防風林外的石地上做蛙人操，任那些崢嶸的石子刮著身體。拍拍身上的灰，開始長划。

早晨暖酥酥的太陽，握起槳來不覺吃力。

「你們只管划，方向我來控制。」楊篤恭叫嚷著：「趕上左邊徐龍那一艇。」

陽光像金色琉璃墜子般平平灑滿海面，剛開始還得心應手，划到正午，陸毅的手臂開始浮腫，吃午餐時幾乎抬不起來，下午五小時的激浪競賽，不再是和秦良晨在帆船比賽中那種情趣，而是和巨浪肉搏的痛苦。

為什麼要從一個救護兵志願轉爆破大隊——只為了那一次在秦紹羽的打撈公司被打撈工人羞辱一頓？

當打撈工人向秦紹羽要求再度提高工資時，陸毅氣不過，跳下海中反而被秦良晨救起來。

連個女孩都不如，還是阿兵哥呢，打撈工人這樣損他。他回去救護船上後就決定投考爆破大隊了。

笑面水母總愛在陸毅吃不消時說，退訓好了，別撐了，當老蛙人的準女婿不一定要是蛙人。

他們傳說著一件事：秦紹羽、大白鯊、吹牛王和一位叫洪雲濤的是當年爆破大隊的四大金剛，洪雲濤在一次任務中喪生。

只有吹牛王是真人不露相，平日只見他除了炒幾道拿手好菜外，從來不提過去的事。

只要熬過長跑和橡皮艇衝刺，就可以吃到吹牛王的第一朵紅蘿蔔花了。可是漫漫的路，不停的跑，跑成一塊塊發麻的大腿肉。陸毅又落在最後，詹宏茂也搖搖欲墜，差點跪了下去。換成橡皮艇衝刺時，陸毅腿一軟，被孔偉光撞個正著，連滾帶翻的把他摔到五公尺以外的草堆中，痛苦地齜牙咧嘴站不起來。

「我向助教報告一下，送你回去休息。」楊篤恭去扶他。

「他退出了，我們怎麼辦？」詹宏茂趁機也坐了下去，名正言順的喘一口氣。

一艘一艘的艇從旁邊超越前進。

「呂小差留下來照顧陸毅，其他人繼續。」孔偉光不由分說的將詹宏茂一把拉起：「老楊，不要猶豫啊。」

「好吧，白面書生，就把你交給呂小差了，我們要衝它一程再說。」

陸毅一拐一拐地站立起來，略顯吃力的說：

「我可以，又不是骨折。」

楊篤恭正待勸說，陸毅已加入了他們說：

「跑啊，不然就等著拿王八旗好了！」

忍著疼痛，陸毅和大夥跑得一樣快。

蟄之三

呂小差在上了高速運輸艦後才發現面鏡及壓力錶忘了，他匆忙地要下去拿，楊篤恭攔住他：

「沒問題吧，呂小差？」

「對不起，我——我，老楊，我——」

「還來得及向上級請求換一個後補的，」楊篤恭說：「不要勉強。」

「讓他去吧。」陸毅從部隊艙中伸出頭：「他只是暫時的，是我不好，我向你保證，他可以勝任的。」

等呂小差再度跑回艦上後，艦艇很快就開動了。船上一位官員簡單的向楊篤恭交代了有關裝載、換乘及會合的時間，楊篤恭順便觀察了一下充氣筒、繫留索、鵜鶘鉤及橡皮艇的位置。

「這些你不用擔心，都準備好了。」那位海軍軍官看出了他謹慎的態度，微笑著說：「這是你第一次吧！」

楊篤恭傻笑一下，耳根燙了一會兒，便走下部隊艙了。

部隊艙橫七豎八的靜坐著其他六人，互相以眼神交遞著征戰前的寧靜。

老楊！孔偉光仰起頭，渾濁的吐了一口氣。

幹嘛？

如果萬一——老婆、小孩可由我接收囉。

他媽的，楊篤恭心不在焉的回答：那也得看我老婆要不要你。

你還排在我後頭等呢，詹宏茂很不屑地扭了一下頭。

說真的，想不想老婆和小孩，包家琦瞪著艙頂也湊上一句。

廢話！陸毅靜靜地摸著水肺和蛙鞋：不用問的。

希望她不知道我是真的出任務了，楊篤恭也找到一席之地坐下。

「我提醒各位，」胡馬達突然間站起來，找出雪亮的水手刀：「除非萬不得已，不要用槍，用這個就好。」

「去你的，番仔，誰要你教，那條神經拉錯線啦？」詹宏茂扯扯胡馬達多毛的黑腿，要他坐下。

胡馬達將刀晃一下，坐回原位。

只有隆隆機器和嘩嘩排水聲，運輸艦高速航行著。

呂小差霍地站起來——

幹什麼？陸毅緊張地注視著他。

尿急，小便可以吧？呂小差扯一下短褲，抬了下腿。

包家琦噗哧一聲笑了出來。

兄弟，放輕鬆點，陸毅目送呂小差走進廁所。

艦上一位士兵送了一些西瓜和麵包、牛肉乾下來，大夥有些食不知味；像最後晚餐的情景，孔偉光吃西瓜時，連瓜子都吞了進去。

艦艇擺晃得厲害些，風浪也許大了，對他們而言，該是好預兆。

楊篤恭爬上了吊床，雙腿交疊，似乎胸有成竹地闔上眼睛小睡片刻。

快要到換乘橡皮艇的時刻了，陸毅猜想著。

李蓉蓉

她將一大堆毛線頭從紡織機上搬下來，放到沙發椅上，旋即想想，又把毛線頭抱回紡織機上，再坐回機器前，熟練的一抬手，紡織機就自動穿梭起來，一陣子嗒嗒嗒嗒嗒嗒……。

才一歲大的小飛被這一連串突如其來的聲音吵醒，哇一下就將那吵醒他的機器聲掩遮了。

她順手關了機器，迅速到竹床上抱起那哭得一臉紅通通的嬰孩搖啊搖的：乖小飛，好好睡一覺。睜開眼爸爸就出現了。

壁上掛著黑白的楊篤恭正微笑著正視前方，頰上還清楚地凝聚著水滴。怎麼又溼了？她放下了小飛。去臥房櫃子裡拿尿布。扭開了燈。空蕩蕩的一方臥房。內側雙人床上鋪著整齊的被單、棉被和枕頭。陰冷冷的讓人感覺久沒人躺過。

替小飛換了尿布，直接丟到水槽邊的桶子裡。才發現那桶尿布是洗好忘了晒開。她重新泡上肥皂，在洗衣板上一條接一條的洗了起來。

洗尿布的磨擦聲刷刷刷地響著。在只隔一窗的小房子裡，有沉睡的小飛和壁上微笑的楊篤恭陪伴她，或許她可以一整晚洗到天亮都不累。

天空黑得像對街戲院拉起黑布簾那樣，一絲光亮也沒有，偶爾有細細的飛機高飛而過所發出的聲音。

她也不明白，今晚是怎麼回事，明明洗好的尿布，幹嘛又倒出來重洗一遍。

煉之3

在游泳池裡因為手腳綁在一起，孔偉光喝了不少池水，嗆得直咳嗽，熬過下午的沙灘戰技緊接著又行軍，到了夜晚的橡皮艇定點長划時，他開始有些暈頭轉向了。

無敵鐵金剛不行啦——詹宏茂回頭用很悲傷的腔調說著，看了孔偉光一眼，似乎幫不上忙。

「陸毅都沒吭聲，還輪不到我。」孔偉光大聲說，一邊聳動著雙肩，給自己恢復一下元氣。

「各位加油，拿面金龍旗，結訓後到我家，我要我老婆燒好菜請各位！」楊篤恭高舉起槳，向天空划了一下。

「好哇！」呂小差、胡馬達、包家琦齊臂猛划，齊聲喊著：「嘿索——嘿索——吃李蓉蓉的紅燒豆腐呀，紅燒豆腐，嘿索——嘿索！」

孔偉光眼睛一亮，像顆黑寶石般，忘了頭暈的事，發揮他的大力氣，口中亂吆喝著：

「如果能再加一道秦良晨的白斬雞腿，有多好啊！」

陸毅知道他一語雙關，反正習慣了，埋頭猛划。可是詹宏茂不放過，立刻跟著應和：

「嘿索——嘿索——用力，用力，吃秦良晨的白斬雞腿喲，好吃，好吃，秦良晨的白斬——」

陸毅苦笑著，心想，和這些人混在一塊兒，認了。

小艇朝前猛進，很快就成了最前哨了，而海岸就在不遠了。

秦良晨

她不明白爸爸怎麼又要提這些說也說不煩的當年勇，尤其這樣寂寥的夜晚，她真想大聲制止他說下去……。

那次行動正遇上他們第一次使用雷達偵測，當他們那艘高速炮艇快速接近支援組的小舟時，洪雲濤發現來不及躲了，就乾脆端起衝鋒槍對著迎面而來的炮艇先發制人地蠻幹起來……。

她從五樓朝遠方眺望，那一片使星光黯然的燈火原是伴著她長大的風景，有些燈火會移動，那是橋，那是街道，有些燈火兀自亮著，那是樓，那是小屋，入夜以後，真分不清什麼是星光，什麼是燈火。閃爍的遠方，是一塊高地，還是高速公路，或是別墅村落，她一直不求甚解。每一個夜都如此祥和，如此無事，唯有今夜不平靜。

這時對岸的照明彈四射，把整個海峽映成白天一樣光亮輝煌，岸上高平兩用一〇〇炮和十三毫米的機關槍開始防護集火射擊，高速炮艇上的三七機關炮也朝著由我率領的行動組小艇濫射一通。我是不會蠻幹的，立刻發動舷外操舟機想脫身，慌亂中不知道誰踩住了油管，拉了合風又忘了推回去，小艇慢吞吞的沿著廈門港繞，兩個弟兄立刻跳入海中以減輕負荷量……。

怎麼會想到念小學的時代？她和陸毅都是五年級，同時被挑選出來演話劇，陸毅演岳飛，她演岳母，每次在教室排演時，她拿著毛筆往他赤裸的背脊上猛搔癢，說叫一聲娘就饒了你。陸毅從來不肯叫，忍著癢說：乖孫，再搔，再搔，真舒服。

陸毅愛講那些慷慨壯烈成仁的故事給她聽，鄒容、林覺民、徐錫麟是他最熟悉的名字，他那軍人的爸爸從小灌輸給他的。有一回他向導師檢舉同班同學林得標向別人勒索彈珠和紙牌的事，反而被導師教訓了一頓。大家都知道林得標的舅舅是縣議員，校門口那條寬廣的馬路就是他出了力才爭取到預算修建好的。林得標笨頭笨腦年年還拿獎狀，陸毅硬是不服氣。

小艇在廈門港轉啊轉的，不知道消耗對方多少炮彈和槍彈，偏偏一顆也沒中，後來我發現是合風沒推回去，連忙推回合風，小艇就咻的一聲，火箭一樣，穿過了重重密集的炮火，安全回到本島……。

陸毅老是抱怨那條馬路不該修的，原來的窄巷窄弄，玩起徒手鬥刀時，才能有許多據點和隱藏的地方。陸毅最擅長運用那些小巷弄，突出重圍去解救同一國的同學。還有件更糟的事就是賣零食的攤販都被打散了，要買烤番薯，都找不到老潘。從前排練話劇時，陸毅總會替她帶一個烤番薯，大家笑他們是小情侶，陸毅倒也坦然。

連跳入海中的弟兄後來都游了回來，可惜哪，犧牲了洪雲濤，三二九就要立功結婚的洪雲濤竟然死在支援組的小艇上，渾身是彈孔；一直過了五、六個月才敢告訴那個一直在等待的新娘子……。

「爸——」秦良晨旋身大喊：「說這些幹什麼？」

五樓下的燈火祥和地亮著，車燈魚貫而過。

「哦——」秦紹羽似乎正沉緬於久遠的戰爭中，被女兒這一吼，才緩緩注意到她憂愁的面容：「怎麼啦？」

秦良晨低下頭，再仰起來時，正看到壁上懸著那幅字畫：

小舟從此逝

江海寄餘生

她移轉視線至那張焦褐而多皺的臉，他一生真的與海共生了，連退役後都做打撈生意，媽媽說他註定一輩子水鬼的命，死了也是水鬼。她反對女兒和蛙人交往，就是訂婚前夕，她還說：

「每天都戰戰兢兢準備當寡婦，為什麼要自己女兒也受這種苦？」

「我還不是好好的，大難不死，啊，後福無窮吧？」秦紹羽贊助這一對青梅竹馬。

可是在如此一個叫人心焦如焚的夜，為什麼又要提洪雲濤殉國的事？陸毅接到緊急召回令後，就不再有隻字片語或電話一通。

這就是有情況了，爸爸告訴她。

「我知道我女兒在想什麼。」秦紹羽嘆口氣：「你一定怪爸爸又講洪雲濤的老故事，可是有件事，我卻一直沒告訴你，不過，也沒什麼。」

媽媽正在屋裡關電視，準備就寢。

電視上那些狂扭的彩色畢露的曲線瞬間化成一片死寂空白的螢光幕，甜柔欲醉的流行歌一下無言地啞了。

「去他的歌舞昇平。」秦良晨憤憤說。

「女孩子怎麼罵粗話？」秦紹羽笑說：「又遷怒電視啦？」

她忽然看著那一櫥櫃的勳章，有雲麾、寶鼎、金甌、虎賁等，很小就懂得辨認。還有一座剝落的金黃色骷髏頭，雖然滿是灰垢，卻仍然殺氣騰騰地咧著齒。

「只講一遍喔，小晨。你媽媽就是——」秦紹羽聲音突然降低了：「就是洪雲濤那個五、六個月的新娘子。」

女兒與爸爸四眼相對，秦紹羽笑得極其自然。

有愛情嗎？你和她，她問。

婚後再培養，他說。

那這算是講義氣囉？她問。

說不上，也許吧。他答。

「爸，如果換成我，我不會隨便嫁給你——我不稀罕別人同情。」

她說著說著，彷彿她真面臨了這種抉擇，眼眶都溼了。

燈火暗了些，星光也反較燦然了。

蟄之四

橡皮艇下水後，楊篤恭和包家琦很迅捷地下降至艇上，楊篤恭拉住降落網，讓橡皮艇緊靠著艦舷，其他人就順著降落網下來。楊篤恭檢查了拖索和鵜鶘鉤，然後向艦長揮手示意；其他六人用盪槳的方式，由運輸艦拖航一段路程。

肅穆的夜，不平靜的海，七個人聚精會神地盪著槳，夜無語，海無語，人亦無語。

陸毅又要想起秦紹羽的開場白——

背著蛙鞋，面鏡掛在後面，穿著黑毛衣，一把左輪，一隻印第安手斧，這樣就摸上廈門島。

亡命的老蛙人說他的一生就是尋找刺激，這一刻，也許有點像他從前一次又一次百試不厭的死亡遊戲。

終於輪到我了，小晨，你等著聽我的故事吧，像聽鄒容的，或林覺民的。陸毅越是不去想，秦良晨的長髮卻老是揮之不去，像海風刮著他的雙頰。前面呂小差起伏的臂膀，很規律地划著槳，也許他也在想林雁吧？在港灣等待時，為了他提起林雁，呂小差竟然翻出了他早已不去想的那樁在高中被開除的事。呂小差知道他的挫傷，只為了報復他又提起林雁這名字？

像有著相同心事般的默契，呂小差突然回頭，想說什麼。陸毅只笑笑，他又轉過頭專心盪他的槳。

他們高中同班過，呂小差很清楚他是如何被開除的，如同他很清楚呂小差與林雁之間的事一樣，他們一直最知心。

一波一波的浪從很遠很遠湧來，一會兒變成近在眼前，然後又一波一波的過去，向很遠很遠湧去。

他清晰地記起他如何毆打歐陽龍成傷，他的拳頭沾著歐陽龍的血和他的齒印，那一瞬間，他從一個田徑校隊、學業成績前三名的模範生變成被開除的流氓學生。只有秦良晨還相信他是善良的，在幹那件事之前他就先和秦良晨說，如果隔壁班的歐陽龍再耍流氓，而學校又不制止他，他決定直接找他解決。

那陣子接二連三在校門口對面冰果室發生調戲女生和摔桌椅的事，沒人向學校檢舉，訓導人員睜一眼閉一眼，反正多一事不如少一事，聽說歐陽龍是有幫派的。

後來歐陽龍因為口角，打了陸毅班上的同學，挨打的同學為了息事寧人也就沒報告老師，陸毅去檢舉時，訓導處還是說沒證據，當事人又不承認，讓陸毅像小學時那樣受挫，於是陸毅便如此做了，做完也沒後悔。

大學沒心情考，收到入伍令，就投身軍隊了。

自以為還很行的他，從救護兵轉調爆破大隊，才發現和別人比起來，竟然屬於白面書生型，和從前比較，簡直判若兩種世界，夾在孔偉光和胡馬達中間，更像兩片黑麵包夾著軟軟的白奶油。

茫茫大海，四周不見一物。只見有水鳥若隱若現，也許不久，就會有陸地了。他提醒自己別再去想這些舊事，因為楊篤恭已經將鵜鶘鉤之解脫繩往後拉，小艇就要離開運輸艦了。

他們奮力盪著槳，很快就將運輸艦拋在老遠以外了。迎著他們的，仍然只是波濤起伏的大海，和漫漫無邊的長夜。

林雁

她從來沒有翻《聖經》的念頭，同班同學有幾位是屬於校園團契的，陸續也送了她大大小小好多本。這一夜，她心裡亂，就抽出其中一本燙金邊的隨意翻看著：

摩西向海伸杖，耶和華便用大東風，使海水一夜退去，水便分開，海就成了乾地……。

她想起呂大銘的弟弟，那個自稱是在水中爆破大隊的呂小差。只在張小燕的「錦繡年華」裡見過蛙人表演體操，面對這位穿著便服的害羞小孩子，怎麼也無法和那些渾身肌肉一塊塊都會律動的蛙人聯想。

我們既因耶穌的血，得以坦然進入至聖所，是藉著祂給我們開了一條又新又活的路從幔子經過，這幔子就是祂的身體……。

第一次見到呂小差是在玻璃屋——過去和呂大銘經常約會的地方，呂大銘去了猶他念生化以後，她一個人就很少去了。

呂小差的口氣真像他哥哥，一見面似乎有些尷尬，他說他大哥要他傳個口信，說他在美國一切很好，只是功課太忙，沒空寫信。

她向呂小差講了許多她和呂大銘過去在玻璃屋的笑話，也向他說了一大堆田納西・威廉斯的作品，像《玻璃動物園》（*The Glass Menagerie*）之類的，不過他一直心不在焉，說他哥哥到美國是「昭君和番」，說英文是番言番語，又說他最愛一邊洗澡一邊唱蘇武牧羊（洋），可以洗掉他大哥的一身洋騷味。他大概忘了她正是念外文的。

玻璃屋的演唱者，正巧唱了「王昭君」，呂小差笑得像隻火雞，跟著哼了起來——凝眸望野草閒花驛路長，問天涯茫茫——一曲琵琶——恨——正——長——。

他似乎有意不回答有關呂大銘在猶他的一切，心神也不定，只偶爾莫名其妙地苦笑兩聲。三天後，她收到呂小差從左營發出的限時信，內容很簡單：

林雁姊：我大哥其實不是要我傳那種口信，他是要我轉告你，他已決定娶一位有綠卡的華裔菲律賓女孩，要你自己保重。那次我見了你，就突然說不出口了，只好在玻璃屋耗了一晚，決定用信告訴你，可以看不到你的表情，真對不起。

她聽過不少這種事了，發生在她身上，有些不知所措，一下什麼都變得不可靠了。呂大銘在機場握著她的手說，我等你來，一定要來喲——猶在耳邊溫溫熱熱的話，經不起異國的一陣風雪，全掩了。

她繼續念書、考試，日子和過去一樣有陽光，有小雨，只是她終於相信知識不一定能使人變得更好，有時只幫助人們更懂得找藉口保護自己。於是，當呂小差第二次約她出去散心時，她也就答應了。呂小差總是找些小事逗她開心，有時還表演幾招仰臥打水、跪臥挺腹什麼的。他還小，可是她心裡清楚他為什麼這麼做。她幾次都想說，呂小差，你不必想替你大哥償還什麼的，沒有用的。可是見他那樣大老遠跑來台北，實在不忍心澆他冷水。

有一回，呂小差裝著很正經的對她說：

林雁姊，其實你一定誤會我找你的意思了。我很高興哥哥離開你，這樣子我就有機會了。我念初中時見你來我家就偷偷喜歡你呢。

她真想大哭一場，呂小差越是若無其事，她越受不了。

前次呂小差放假回來，陪她去青潭游泳池玩了一天，本來還擬定了其他活動，可是突然又取消了那些計畫，他只說他的休假提前結束，匆匆回了左營。

她一直想著呂小差講話的神態和偶爾憂鬱的表情。他回部隊的時候在車站向她招手，那種動作，真像個要征戰的英雄，和呂大銘要上飛機前的招手，她喜歡前者。

今晚是怎麼啦？心思像漲潮般不穩。

那個小蛙人為什麼匆匆回部隊？

她順手一翻，又翻到那頁——

摩西向海伸杖，耶和華便用大東風……。

煉之4

從凌晨零時零分起，又是一連串重複又重複的項目。橡皮艇衝刺蛙人操乾溼行軍陸地行舟定點長划淺灘運動，折磨到夜晚，又開始強迫行軍。陸毅用手攀著呂小差，不知道流了幾回汗，鹽巴在手上都結了晶。呂小差也幾乎睜不開垂下的眼皮。經過一片竹林時，古隆海宣布：

給各位休息五分鐘，去竹林方便一下。

當他們在黑夜中四散不久，又是一個命令：

臥倒！

於是每個人都臥在自己剛撒出來的尿堆中。

陸毅受不了那股溫溫的酸惡味，身體稍稍弓了一下，古隆海立刻走過來，他迅即又伏下去，讓胸口和腹部都黏貼在自己的尿液裡。一陣寒意直透到背脊，他很想很想跳起來對古隆海說：

我不幹了，我宣布放棄！

四周靜悄悄的，每個人都伏貼在竹林的土堆上，沾著尿液。呂小差就臥在他旁邊，似乎沒有怨言，只用眼睛看著他。

無限度的忍耐，無條件的犧牲——這是大白鯊早就提醒過大家的。

陸毅低下頭，讓鼻梢觸碰著竹葉和泥土，不再有那種衝動了。

行軍結束到了海灘，淒迷的月色下七人一組，又展開了橡皮艇長划。愛耍嘴皮的詹宏茂此時也累得啞口無言了，划槳的手似乎也軟弱起來。

「吃完三朵紅蘿蔔花，明天就是艱苦日子。」楊篤恭打破緘默。

「唉。」孔偉光用了這唯一的回答。

呂小差閉著眼，身體斜晃著，像已支撐不住要睡了。此時，東沙小夜曲的口哨幽幽響起，又是胡馬達在表示他的慰問之意了。沒想到在東沙小夜曲的催眠下，呂小差果然睡著了，如果不是陸毅抓了他一把，大概已沉睡在海底了。

月光映在海面，一環接一環。白天是翡翠般綠得晶瑩剔透，入了夜，除了四周仍有氤氤氳氳的濃溼水氣外，已是冥冥杳杳一片無垠深幽的黑了。楊篤恭喘了一口氣，放鬆一下吧，明天還有得瞧呢。此時，他腦中只呈現一片月光般的蒼白，連李蓉蓉的相貌都模糊在這片蒼白裡。不久，穹蒼浮起一大片烏黑的雲，掩遮那最後一點影像，只隱隱聽胡馬達說：

天氣要變壞了。

接著胡馬達掏出藏在小艇底下的一袋檸檬分給其他人。

很解渴的。他邊說著，伸出月光下呈紫色的長舌頭，擠了兩滴檸檬汁在上面，眉頭都不皺一下。

蟄之五

暗悠悠的天，月色深沉，隱約中那個無人島已在前方，像隻飄浮著的巨鯨，七個人盡量不發出聲音，連盪槳都不敢太大力。

希望沒弄錯方向。包家琦低聲自語著。

沒有人有把握會有什麼突發事件，或者方向偏差，也會有很大的錯誤。呂小差面對著完全陌生的島嶼時不免有幾分擔心。

兩艘大船在無人島附近緩慢地移動著，同時在海面出現了很可疑的漂流物——呂小差立刻向楊篤恭報告。

「島上有不少人影在晃動。」包家琦也補充報告。

楊篤恭曉得有麻煩事了，他當下決定由陸毅和詹宏茂兩人先潛水過去偵查。

他們迅速檢查了一下裝備，就靜悄悄的潛入水中了。

下降了十五呎的深度，陸毅開始朝前方游，詹宏茂尾隨其後。在漆黑的水中，除了感到很冷之外，所有的恐懼都在他前進中消退了。過去許多次的潛水經驗，偶爾會遇到或大或小的驚悸，像水母的攻擊，或者面鏡撞上礁石而破裂，呼吸器漏水，此刻他反而一點也不擔心有什麼意外事情了。真忘了什麼是恐懼與死亡。

他回頭看了一眼詹宏茂，他一本正經的泅游著，這回大概沒心情像過去潛水時抓龍蝦、踢章魚那樣瀟灑了吧？魚群從他四周驚散而逃，自以為已熟悉了海洋的氣息，魚群卻不接受他的侵入。

他計算著距離，然後一個旋身，緩緩將身子朝上飄浮，同時拔出了水手刀，不再那樣冰冷了，因為他聽到了嗡嗡的人聲。他讓自己像幽靈般從海面露出了頭，立刻感到有一道光從上而下，罩住了他的頭，他深呼吸，要自己沉著點。

煉之5

一場從昨夜下到現在的滂沱大雨並沒給他們帶來任何休息的藉口，反而增添了使皮肉身心忍受更多熬煉的泥濘。

雨唯一的恩澤是沖淡了他們行經豬糞坑時用大便偽裝的污臭，可是大廟前的排水溝因此也滿溢成災，臭味遠揚。大白鯊說的，越髒越臭越不是人幹的，蛙人越喜歡，因為也許因此而換回一條命。

胡馬達率先下了深及頭頂的水溝，把心一橫就往前爬了起來，一下就被叢生雜草給掩沒了，孔偉光、詹宏茂也跟了下去。

呂小差正猶豫著，有一次，也是這樣的大雨，林雁來找他，讓他受寵若驚，一路上林雁唱著一些很老的英文歌，彷彿什麼都給忘了。

快呀——包家琦推了他一把，他跌入臭水溝中，身不由己的就跟在詹宏茂的後面開始戰地運動起來。

陸毅面對一灘靜止的臭水，回首望，只剩楊篤恭，正若無其事的說：

我殿後，你先下吧。

那口氣像前面是一片牛奶與蜜之地。他朝水溝的那頭看，胡馬達已在三百公尺以外了。

渾身疲憊，又飢又渴，他的雙腿打起顫來。

「害怕就不要爬，白面書生回家去讓人服侍好了。」

不必回頭了，那是古隆海的聲音。

他咬住唇往下跳，臭水濺了他一臉都是，他屏住呼吸快步向前蠕動，楊篤恭在他身後像顆定心丸，使他不致有太多的自卑。

微溫腥臭夾雜著瘴氣，腳掌適應著忽高忽低的溝底和一些死雞、死老鼠的屍體，黑黑的蚊蠅纏著他拚命叮咬。

「立刻趴下，偽裝死屍。」

又來了，那古隆海。他弓下身子，薰人的惡臭令他想嘔吐，正猶豫間，上面立刻有了反應：

「那個沒趴下的是誰？」

他立刻將臉泡入污水內，一陣昏天烏地，污水忽的從眼睛、鼻孔、耳朵滲入……

在水溝的終點探出頭來，彼此已認不出對方是誰，只留下打轉的眼珠，白色牙齒森亮森亮。爬出水溝，一身穢臭久久不散。傳來一陣輕笑聲，原來是大廟前圍了一群好奇的小孩，正指指點點的喊著：

水鬼——那麼多水鬼。

淅淅的風，淅淅的雨，把前方一片沼澤地給攪成一灘爛泥，在爆炸所掀起沖天的黑泥下，他們立刻又開始了各種滾翻動作，在爛泥中打滾，馱著載滿泥漿的小艇在泥沼裡匍匐前進，反正從臭水溝出來就髒個徹底似的。他們進行著韓信胯下之辱的競賽。當陸毅爬過了一列泥腿之下，手一鬆軟，跌入泥沼裡，胡馬達猛力拉了他一把，口中喃喃說：

我想我是下一個被淘汰的。

進來一百九十二人，只剩八十九名，古隆海說過，只要五十人就好了。

陸毅仰起頭，泥漿阻去了他的視線，依稀見到古隆海橘紅色的帽子和短褲，鮮麗而刺眼，他又有站起來的衝動，只要站起來說，我退出，就不用再爬了。前方跌倒的呂小差正拚命的搶先回來爭取分數，他立刻打消了站起來的念頭，只是他真的已四肢癱軟了。

夜晚進入火葬場前，古隆海在墓地宣布：

「現在給各位一個發洩的機會，把各位在這幾天的不滿全部罵出來，罵得越好，分數越高，罵完也許能消痰化氣。」

原本尚有些猶豫，不久詹宏茂就嘩啦嘩啦的妙語如珠起來：

「笑面水母，你別笑，再笑我叫你哭。撒泡尿照照鏡子，比豬八戒還醜。你是豬、是狗，我希望把你當香肉煮來吃，連骨頭都吞下去。我前生前世又沒欠你錢，又沒給你戴綠帽子，幹嘛老是找我麻煩。以後不准你笑，再笑就要你喝尿……。」

一字一句都在山谷中迴響著，像墓碑上的碑文一般冷颼颼的。陸毅看不清古隆海的表情，他相信，他仍然會保持那一種笑容，他只有那種表情。他似乎心安理得的立在黑暗中，鼓勵著大家多罵一點。

蟄之六

小艇上靜坐著五個人，全神貫注的瞪著前方，等待陸毅和詹宏茂的回報，時間緩緩的流逝著……

呂小差望著前方的島嶼，不免胡思亂想起來。

如果將來被派到烏坵，或者高登島，那麼就可以迎著晨光繞著島口慢跑，據說在霧季仍然可遙望大陸。

海邊可以拔紫菜和抓蝦，然後種一塊菜地。黃昏來臨時，煮一碗紫菜湯、炒一碟醉蝦，外加一盤親手栽種的大白菜，享受著獨處的樂趣，也許林雁已經嫁人了，也許還沒有……。

如果這一次的任務出了任何意外，那些就只能是夢了。如果因此而殉國，在美國的哥哥，會不會為我撒一些眼淚？哭得最多的，一定是媽媽了。他輕輕吸一口氣，鹹溼的海風令他清醒過來，握著槳的手不覺得抽搐了一下。

包家琦看他一眼，沒有任何表情。

風朔朔地吹刮著他們的臉。

「希望我們要接的人沒出事。」

這句話從楊篤恭口中冒出之後，一切又歸於死寂。

遠方的船隻，迷濛的燈，閃閃地亮著微光。

突然小艇旁有了異樣的情況，孔偉光立刻舉起衝鋒槍，瞄準駭動的水面，其他四個人立刻朝不同的方向警戒。

孔偉光的臉抽搐著，兩眼瞪得像雞蛋般大，一副要大開殺戒的表情。

煉之6

當他們正在討論火葬場摸屍時，古隆海跑過來說：

你們還有力氣抬槓？睡太多了是不是？

大夥不吭聲，眼皮腫著。等古隆海走遠後，孔偉光說：昨晚抓我手的鬼就是他！

第五天的夜裡，很刺激的猜謎行舟，楊篤恭按次序抽到「眉來眼去」、「小巷有水」、「大魚吃小魚」和「壯士一去不復返」，陸毅反應快，一下就想通了，於是他們按著「信號台」、「小港機場」、「船塢」、「紀念塔」一站一站下去，最後來到一片水稻田中。

雨後的水稻田，入夜以後是一片蟈蟈蟋蟀聲，沁涼的田塘長著蓊鬱的花草，踩在腳底鬆鬆軟軟的。

「如果能躺下來好好睡一覺，不知道有多美好？」詹宏茂瞇著眼，扛著七隻槳，跑在最後，一再提醒自己別睡著。

輕風撩撥著每個困倦的人，在這樣舒暢的夜裡，他們腳步滯緩了下來，他們太需要睡眠，已經第五天了。

「小心！前面有水溝。」詹宏茂嚷了起來。

果然有條一公尺寬的水溝橫列眼前，一個個睡眼迷濛，小心翼翼地跳過去。輪到詹宏茂時，他忽然惡作劇地笑了起來。大夥回頭，那怎麼是水溝，只是月光下一棵榕樹的陰影罷了。

「他看是不行了，輪流頂好了。」楊篤恭提議：「每回三個人頂，三個人跟著跑，一個人拿槳。」

就這樣他們輪流邊跑邊睡，輪到孔偉光、詹宏茂和包家琦頂時，不知誰先走歪了，七個人同時跌到路邊的草堆中。胡馬達、呂小差、陸毅和楊篤恭臥倒在那蓬鬆的草裡繼續他們的睡眠。

月光潔潔淨淨地映在他們發紫的唇、腫裂的軀幹，鼾聲和著蟲聲在此荒郊野地與閃爍的星群呼應著。

他們也許夢到了第五朵紅蘿蔔花。

「他媽的，睡得跟豬公一樣。」詹宏茂罵了一句，自己也躺了下去。

孔偉光一急，一人賞了一巴掌，才把他們一一打醒。七個人揉著睡眼，又頂起小艇，繼續他們那走也走不完的路程。

蟄之七

孔偉光失望地收回衝鋒槍，原來是陸毅和詹宏茂回來。

一切沒事，幾艘大陸沿海的漁船而已，不影響工作的。那些漁民只知道多撈些魚，其他事都不會過問——陸毅摘下面鏡，輕鬆的報告著。

「為了安全顧慮，我們稍稍修正登陸地點。」詹宏茂指著那近在咫尺的小島分析著：「島上的人可能是漁民，也許藏有埋伏的軍隊。距離原定目標三百公尺外有叢林，我們由叢林進入，沿著海岸線走，比較安全。」

「大白鯊說過，蛙人出任務，要靠士氣、天氣和運氣，現在就看看我們的運氣啦。」楊篤恭揮動手中的槳說：「照小蝌蚪的建議，一切按原先編組活動。」

橡皮艇輕巧快速地盪向小島，繞了一個大彎，沒有引起漁民的注意。在颯颯海風下順利登上小島，隱入了叢林中。他們將橡皮艇的氣洩了，藏在蔓藤下的一個大坑裡，然後分兩組交互前進。

將出叢林時，最前方的胡馬達突然舉起了手，要大夥伏下，他自己一個人低著身子，拿著有紅外光紙的手電筒，朝叢林外奔了出去。

煉之7

最後一段五十公里的越野賽跑是在不准喝水的情形下進行的。跑了五分之四以後，陸毅口乾舌燥，突然脫離了隊伍，走向一條小水溝，然後跪了下去，用手捧起溝水就喝；不久呂小差也跟上來，像發現沙漠甘泉般的喜悅，大口大口的牛飲起來。

天堂路就要到了，一切都會像黑夜般結束的。

陸毅顫抖地站了起來，揩去唇邊的泥沙，繼續朝前奔跑。星星遁形之後的清晨，露氣也如清煙般消散，綺紅絢麗的太陽升起，將光輝映照在天堂路的盡頭。每個灰頭灰臉的蛙兵都掩不住那股莫名的興奮，一個接一個開始在這條六、七十公尺的碎石子路上採用各種艱難的動作通過。陸毅爬在呂小差之後，他低低望著呂小差手肘和膝蓋上的血一滴滴的留在那些尖尖的碎石子上。當他爬過那些沾著血的石子路時，也將自己的鮮血蓋過了原有的血痕。

晨曦如同昨夜的星辰，爬滿了他們滿是泥水的背脊。陸毅一直忍著那股想哭的衝動，但他卻思緒清明地爬到了終點，大白鯊正穿著雪白的海軍服迎著他。他伸出手想和大白鯊握一把，卻發現那雪白色的海軍服上沾著斑斑駁駁的血跡，一陣熱流從胸臆中噴出，他和大白鯊擁抱，淚水和著血水，一塌糊塗地沾到那件雪白的軍服上。

笑面水母也有不笑的時候，只很專心地注視著每位到達終點的蛙兵，地獄週結束了，他依然是那身橘紅色的短褲、橘紅色的帽子，胸前掛著是那一只吹不啞的哨子。

彷彿他是永遠沒完沒了的。

歸航

橡皮艇划離小島時，天色在晦明之間，海面籠罩著冉冉雲氣，小艇上多了一個人。

「一定很失望吧？」古隆海又是那樣習慣的笑了。

「他奶奶的，搞了半天，接到了一隻大水母！」孔偉光狠狠的用槳在海面濺起了銀白水花：「真他奶奶的！」

「你們保密工夫真到家。」楊篤恭搖搖頭：「我以為這下該玩真的了。」

「這是獵海一號演習，人員無損傷，可以向你們家人交代啦。」古隆海拍拍陸毅的肩膀：「回去就結婚吧，秦良晨大概等不及了。」

陸毅默默不語，描繪不出心底是什麼滋味。

總算平安回航了，該慶幸的。

可是，為什麼，唉，玩真的該多好。像秦紹羽、大白鯊或吹牛王那個時代，像殉國的洪雲濤也心甘情願，死也死得像個烈士，驚天地泣鬼神一番，讓人祭弔時說，這是一個英魂，他的血染在海上，將海染成一片桃紅。

其實演習也好，少犧牲兩個，留得青山在。

他看著呂小差，他是否想快快見到林雁。

玩真的，李蓉蓉會變成寡婦嗎？多少也有些僥倖，楊篤恭會偷偷慶幸吧？

嗚咽的海上，不知何時有霏霏細雨。

陸毅不打算再想這些了，他很睏，睏得像受訓時過地獄週那般力竭精疲。那段艱苦的日子就煙波般模糊地浮現了，像那些曾淌在天堂路上的鮮血般，在他眼前泅游，泅游出一朵朵紅蘿蔔花。

他回頭看看古隆海，他正仰望著天，天像海一般瀲灩，血再不流掉會變成高血壓的——這是古隆海最愛說的話。他忽然又想起了那個將血染在沾著泥土的鞋上的工作人員。

四周的雲氣漸輕漸淡，天色清朗順暢起來。又可以清楚看見從暾亮的地平線款款而過，那睽違已久的海鳥了。

綠蠹魚叢書 YLL04

封殺

作者：小野
封面作品：陳庭詩
主編：曾淑正
內頁插圖：唐唐
封面設計：火柴工作室
企劃：葉玫玉・叢昌瑜

發行人：王榮文
出版發行：遠流出版事業股份有限公司
地址：台北市南昌路二段八十一號六樓
郵撥：0189456-1
電話：（02）23926899
傳真：（02）23926658

著作權顧問：蕭雄淋律師
法律顧問：董安丹律師
二〇一二年六月一日　三版一刷
行政院新聞局局版臺業字第 1295 號
售價：新台幣二六〇元

ISBN 978-957-32-6984-7（平裝）

遠流博識網 http://www.ylib.com
E-mail: ylib@ylib.com

國家圖書館出版品預行編目資料

封殺／小野作. -- 三版 -- 臺北市：
遠流, 2012.06
面；　公分
ISBN 978-957-32-6984-7（平裝）

857.63　　101008554